Essa coisa viva

Maria Esther Maciel

Essa coisa viva

romance

todavia

*Quando o momento chega, não sabemos que o
momento chegou, mas é o momento certo*

Thomas Bernhard

E o bater do meu coração sustenta o ritmo das coisas

Sophia de Mello Breyner Andresen

1. Formigas e baratas **9**
2. Coisas do quintal **15**
3. Dentes e dentaduras **23**
4. Chás e sapatos **33**
5. A boneca e a bicicleta **41**
6. Sapatilhas e vidros de remédio **51**
7. Os nomes e o fórceps **61**
8. Cabelos, piolhos e pentes-finos **69**
9. Coisas da fazenda **75**
10. Joelhos, ervas e escadas **83**
11. Álbum de retratos **91**
12. Plantas e livros proibidos **99**
13. O caixão e as cartas anônimas **107**
14. Açafrão, blusas e calcinhas **117**

Referências bibliográficas de Ana Luiza **125**

I.
Formigas e baratas

Ontem fez um ano que você morreu. Tentei chorar, mas não consegui. Apenas me encerrei numa indistinta e vaga tristeza, como se tomada por uma dor antiga, dessas que trazemos no corpo por muitos anos, sem sabermos exatamente de onde vêm.

A noite que se seguiu pareceu interminável. Retomei, sem de fato prosseguir, a leitura de um livro iniciada na noite anterior e depois vasculhei as notícias sobre a pandemia no celular, temendo pela impossibilidade de voltar a ter a vida que, cuidadosamente, planejei para mim desde o momento em que você partiu. Que história existirá para minha vida depois que o mundo deixar de acabar?

Moro sozinha numa casa grande com jardim, desde que mandei embora o homem que eu achei que amasse e não amava. Você não chegou a conhecê-lo. Vivemos juntos pouco mais de um ano. Foi a primeira vez, desde minha separação de Pedro, que ousei morar com outra pessoa. Se não falei dele para você antes, foi para me preservar e preservá-lo, por motivos óbvios. Acho que você tampouco sabe que acabei vendendo aquele apartamento onde a recebi diversas vezes, quando você vinha a Belo Horizonte para consultar seus médicos preferidos. Não aturei mais os meus vizinhos, o barulho dos carros, a distância dos lugares que importam para mim, o cheiro de mofo dos armários. E precisava, mais do que nunca, ser capaz de abandonar aquilo tudo, rumo a uma vida menos corrosiva.

Lembro que, naquelas visitas recorrentes que você me fazia no tempo das consultas — e elas costumavam durar uma semana ou mais —, meus dias ficavam pelo avesso. Você parecia se dar conta disso, mas não estava nem aí para a bagunça que aprontava o tempo todo, as roupas espalhadas pelo quarto, as folhas usadas de papel higiênico que transbordavam da lixeira do banheiro, os molhos derramados na toalha de mesa, as marcas de mãos deixadas nos espelhos, as torneiras abertas, os sapatos largados na sala. E ainda abria minhas gavetas quando eu não estava por perto e pegava minhas coisas como se fossem suas: batons, anéis, pulseiras, pinças de sobrancelha, grampos, alicates, cremes, vidros de perfume. Eu deixava, complacente. Hoje sei que, se pudesse, você tiraria de mim tudo o que eu possuía, tudo o que você considerava minimamente relevante para a minha vida.

Mais do que nunca, eu queria rasurar essas memórias e os sentimentos cristalizados que elas trazem, pois tudo o que pesa e se dilata para além do tempo que lhe é próprio nos impede de ficar livres desse peso. No entanto, essas coisas ainda me assaltam e me consomem no aniversário de sua morte. Ademais, a força do vivido é tão espantosa que a gente acaba por se habituar às suas consequências ao longo dos anos, e só quando essas consequências se tornam maiores que nós, buscamos nos livrar delas. É o que faço agora, ao escrever o que poderia ser chamado de carta, mesmo que você não possa ler nenhuma destas palavras que escrevo. Ou pode?

O fato é que dormi muito mal de ontem para hoje, ruminando sobre o que nunca pude compreender. Ao me levantar, tive certeza de que meu sábado seria chuvoso, pelas nuvens grossas que vi quando puxei a cortina do quarto. Descabelada e meio tonta, virei-me em direção ao banheiro. E aí, subitamente, deparei com as formigas imóveis no chão. Mas como tinham aparecido assim, de forma tão repentina e em tal quantidade?

Desde que me mudei para cá, nunca tinha visto uma formiga sequer nesta casa. Muito menos formigas grandes e ferruginosas como essas.

Agachei-me para ver se estavam vivas. Não estavam. Nenhum movimento, ainda que mínimo, das patas. Todas mortas e espalhadas pelo piso bege. Assustada e vacilante, caminhei até a área de serviço e busquei o aspirador de pó. E assim que comecei a aspirar os insetos, um choro meio convulsivo me obrigou a sentar na beirada da cama e desligar o aparelho, deixando-o tombar sobre a mesinha de canto. Não sei quantos minutos se passaram. Mas tão logo recobrei o prumo, consegui cumprir a tarefa de limpar o quarto, aliviada por ter enfrentado, ainda que relutante, a morte inexplicável daqueles insetos.

Foi aí que me dei conta de que certas cenas se incorporam, de forma estranha, à nossa história. As formigas mortas só podiam estar aqui esta manhã para me trazer a memória das baratas, das baratas monstruosas que você envenenou quando eu — talvez com três ou quatro anos de idade — ainda dormia ao seu lado, naquele quarto imenso que também era o de papai. Baratas graúdas, lustrosas, que, logo no começo da noite, saíam das frestas do assoalho antigo, feito de tábuas largas e compridas. Naquela noite, você havia espalhado inseticida por todos os cantos do quarto e, de madrugada, acendeu o abajur não sei para quê. Acordei com seus gritos terríveis e a vi ajoelhada na cama, apontando para o chão coalhado de baratas mortas, enquanto papai tentava acalmá-la. Você gritava tanto, que comecei a chorar de medo. Não propriamente das baratas, mas dos gritos e do seu olhar de pânico. As coisas só se acalmaram depois que papai buscou uma vassoura e removeu os insetos, colocando-os com uma pá dentro de um saco plástico. Nunca me esqueci disso. Talvez por causa dessa cena, eu tenha passado a também ter medo de baratas, como se o pavor que você sentiu tivesse me impregnado para sempre.

Certa vez, fiquei em estado de choque por causa de uma delas. Acho que nunca lhe contei isso. Eu já estava casada com Pedro e arrumava a casa. Descalça, como sempre gostei de ficar nas horas íntimas, entrei no banheiro e comecei a lavar a pia. De repente, senti algo no meu pé, algo vivo que roçava minha pele com um movimento sutil e impreciso. Olhei para baixo, e lá estava uma barata de tamanho médio, mas ainda uma barata. Minha primeira reação foi bater o pé no chão várias vezes e pegar a toalha de rosto para expulsá-la de minha canela direita. Consegui, aos gritos. Tão altos que Pedro ouviu e correu para ver o que estava acontecendo. Eu gritava mais do que tinha visto você gritar naquela madrugada perdida na minha infância. Pedro me segurou firme e me abraçou. Depois, buscou um copo d'água e um calmante. Fui para a cama e dormi intensamente. Acordei de madrugada, meio zonza e com a boca seca, bebi água e fui ao banheiro. Ao retomar o sono, sonhei. Sonhei que um homem de rosto inexato, que usava botas até os joelhos e trazia uma vassoura na mão direita, começou a varrer o chão repleto de baratas mortas. Depois, sumiu. Caminhei até a porta, correndo atrás dele. Ao abri-la, encontrei todas as baratas amontoadas, impedindo a passagem. Não sei como, fechei os olhos e atravessei aquele monte escuro e reluzente, com um salto que me levou para muito, muito longe. Quando olhei em volta, estava numa espécie de pomar, debaixo de uma jabuticabeira. No chão, havia um monte de jabuticabas graúdas e brilhantes. Feliz da vida, comecei a comê-las. E acordei.

Hoje, já não tenho mais medo das baratas. Prefiro vê-las "tecnicamente" como os dicionários as descrevem: "Insetos ortópteros da família dos blatídeos; as de hábitos domésticos, por nutrirem-se de toda sorte de produtos, contaminam alimentos, têm odor desagradável e tornam-se pragas sérias". Mas elas também devem ter seus motivos para serem, aos olhos humanos, assim, tão nocivas e assustadoras. Talvez sejamos isso aos olhos delas também.

Não imaginei que, no primeiro aniversário de sua morte, as baratas voltariam assim, agora travestidas de formigas. "Não há o que não haja", diria papai, sempre atento às surpresas, às coisas que, por mais absurdas, podem advir quando menos se espera. Pelo menos, graças a esses insetos, consegui chorar.

O choro, eloquente ou mudo, explícito ou velado, sempre foi uma contradição em minha vida. Sei que eu chorava em excesso quando bebê, quando apanhava ou ficava de castigo, nas horas de tristeza ou contentamento, nas experiências de perda radical e por compaixão. Mas não me recordo de já ter fingido choro para justificar qualquer dor que eu não sentia e muito menos para agradar a quem quer que fosse.

Você se lembra de quando me levou pela primeira vez a um velório, acho que de uma prima sua que eu nem conhecia, e diante do que considerou uma frieza de minha parte perante a situação e as pessoas que ali estavam, começou a me dar beliscões para me fazer chorar? E quantas vezes me bateu para que eu sorrisse quando você chamava o fotógrafo para tirar fotos minhas e de Rubens? Antes de ele nascer, não havia esse ritual de tirar fotos todo ano. Nossa, como eu detestava aqueles momentos! Detestava, sobretudo, porque era obrigada a vestir roupas cheias de rendas e babados, pôr laços de fita no cabelo e usar pulseiras douradas ridículas. Eu era chata, e continuo sendo, com essas coisas de roupas e adereços. Hoje entendo que você queria me deixar quase tão bonita quanto o meu irmão, que você amava mais do que tudo na vida. O que certamente não funcionou, pois, em todas as fotos que restaram (e as guardo num álbum antigo), apareço com a cara emburrada e os olhos tristes, tentando fingir um sorriso, menos para me sair bem nos retratos do que para evitar os tapas que deixariam meus braços ardendo. Já Rubens, não. Sempre sorridente, com suas perninhas gordas enfiadas num short com suspensórios, roubava a cena. E você, depois das fotos prontas, as mostrava para todo mundo, dizendo: *Ana Luiza precisa aprender com o Rubinho a ficar bem nos retratos*. Aliás, eu sempre achava esquisita a maneira como você pronunciava meu nome: enquanto todo mundo na família me chamava de Lulu (menos papai, que preferia Analu), você insistia em falar *A-na Lu-i-za*, enfatizando cada sílaba com um tom de autoridade.

Impressionante também como, depois do nascimento de Rubens, você passou a me tratar como se eu fosse a pessoa mais detestável da face da Terra: feia, magrela, encardida, parecida com a família de papai, à que você se referia como "gentinha". Rubinho, além de ser o "menino-homem" que você queria que eu fosse quando ficou grávida de mim, sempre foi o meu oposto: loiro de olhos verdes, gordo, com jeito de príncipe. Assim como todos da sua família de *ladies and gentlemen* que tinham vivido anos e anos na nossa casa, antes que você a herdasse e ela se infestasse de baratas graúdas e reluzentes.

Como diz tia Zenóbia, cada um se cura como pode. No entanto, as cicatrizes permanecem como vestígios do que tentamos esquecer, pois é impossível que a experiência passada emudeça para sempre. O esforço de apagar tudo tende a ser um gesto insensato e inútil, pois o veneno das coisas persiste como uma maldição. Por isso, tento me curar delas do jeito que posso.

Mas não, eu não queria trazer tudo isso à tona no dia do aniversário de sua morte. Não queria me render a qualquer sombra de ressentimento. Eu queria, sim, chorar de saudade, ir ao cemitério sozinha para pôr flores sobre a sua sepultura e rezar pela sua alma, postar fotos de nós duas no Instagram com palavras de amor, escrever uma elegia, um poema lírico exaltando sua existência em minha vida. Queria me lembrar de sua beleza farta, seu talento para as danças de salão, sua malícia quase infantil quando falava dos homens e das frutas suculentas.

Será que um dia vou conseguir?

2.
Coisas do quintal

Quando eu soube de sua morte súbita por intermédio de Rubens, que me ligou numa hora muito imprópria, não tive a mínima ideia do que fazer. Eu tinha acabado de chegar à cidade de Aarhus, na Dinamarca, para participar de um congresso de botânica, estava com dor de cabeça e tentava me recobrar da viagem para iniciar as atividades que aconteceriam na manhã do dia seguinte.

Como uma barata tonta, peguei o telefone e tentei contactar a companhia aérea para solicitar a mudança de meu retorno ao Brasil o mais rápido possível. No entanto, tudo se mostrou extremamente complicado, pois meu bilhete não permitia alterações. Além disso, o acesso a Aarhus tinha sido por trem, a partir de Copenhague: quase quatro horas de viagem. Passei um longo tempo ao telefone, gaguejando em inglês uma súplica para que alterassem minha passagem, pelo amor de Deus. Não consegui. O jeito foi cancelar o voo e comprar outro bilhete para o dia seguinte à tarde, com conexão de três horas em Lisboa e chegada a Belo Horizonte na manhã do outro dia. Com isso, perdi também todas as diárias já pagas do hotel.

Ao aterrissar no Brasil, eu estava exausta. E o enterro já tinha acontecido. Fui para casa e decidi que não valia a pena me deslocar até a rodoviária e pegar o primeiro ônibus para mais cinco horas de viagem até onde você viveu por tantos anos, só para encontrar pessoas que não tinham mais nada a ver comigo. Eu já havia cortado vínculos com quase todos da família e, de certa forma, me sentia aliviada por não ter de estar com eles em um momento

15

como aquele. Só fiquei imaginando, não sem aflição, o que se passou depois do funeral, quando todos devem ter se reunido para aquele ritual tão comum em nossa terra, em que a família se encontra para contar histórias sobre a pessoa falecida, trazendo memórias perdidas, revelando pequenos segredos a respeito dela, entre lágrimas, risos e, não raras vezes, pequenas ironias.

Se eu tivesse participado dessa catarse conjunta, teria me redimido, ainda que momentaneamente, de possíveis culpas que me imputariam em relação a você? Com certeza teriam me acusado, como sempre aconteceu, de abandonar minha própria mãe, sendo que foi você quem me fez sumir de sua casa, apesar de nunca termos deixado de nos falar por telefone, já que me ligava o tempo todo, escrevia cartas sucessivas para me pedir dinheiro ou reclamar de algo, e eu ligava nos fins de semana para saber se estava tudo bem. Se deixei de ir visitá-la com a frequência de antes, foi para que eu pudesse manter um mínimo de sanidade e me dedicar às pesquisas de botânica, que se tornaram minha grande paixão. Lembra que tia Zenóbia sempre falava que, se eu quisesse lidar com plantas, seria necessário que eu estivesse de corpo e alma com elas?

Aliás, nunca me esqueci do quintal e das plantas de nossa casa. Naquela época, ainda havia quintais que ocupavam quase um quarteirão. O nosso ia até a rua de trás, onde ficava a antiga rodoviária. Foi nesse quintal cheio de goiabeiras, jabuticabeiras, mangueiras, e até um pequeno canavial, que comecei a me interessar por árvores e ervas de todos os tipos. Ainda bem que tia Zenóbia morava na casa ao lado. Ela me ensinou um monte de coisas sobre o quintal, embora meio a contrapelo, já que você achava tudo aquilo uma bobagem e vivia implicando comigo por conta disso. Papai também gostava daquele amplo espaço verde e dele cuidava com muito zelo. Pena que, depois de deixar a sapataria e assumir o trabalho na fazenda que você herdou de seu padrinho Olívio, ele começou a passar quase a semana toda fora e não tinha tempo para se dedicar tanto ao quintal. E eu, ainda miúda e sem força nos braços, não conseguia fazer as mesmas coisas que só ele sabia fazer. Pelo menos, havia os bichos: os cachorros Lampião, Jango e Tarzan, a cadela Princesa, os porquinhos-da-índia, as galinhas, os coelhos. Para não falar das joaninhas e dos grilos, que me distraíam em meio à vegetação.

Não tenho ideia de quantas vezes me escondi de você nos galhos das árvores daquele quintal. Admito que fui uma criança impossível, que desafiava com impertinência suas proibições, somente pelo gosto da rebeldia. Ouvi, certas vezes, você se justificar para o papai, com palavras do tipo: *Não vem não, Vicente. Essa menina é custosa demais, me dá trabalho demais e finge ser santa pra te agradar. Só couro no lombo resolve.* Mas nem sempre eu merecia, você sabe disso. Eu apanhava por qualquer coisa, sem saber por que estava apanhando. Era como se você quisesse me punir por eu ter nascido.

Hoje, já posso lhe contar que pulei o muro não sei quantas vezes para ir nadar na piscina da casa de d. Águeda quando ninguém estava por perto. Mas quem mandou você me proibir de ir nadar no clube, dizendo que eu ficaria gripada se entrasse na água fria? Saiba que eu também chupava picolé quando, ao brincar na praça com minhas amigas, o sorveteiro passava por lá com o carrinho de gelados. O melhor é que ele me vendia fiado, e depois o papai me dava o dinheiro (escondido de você, claro) para eu pagar o moço. Você nunca desconfiou disso, não é? Ou talvez tenha feito vista grossa. Não dá para entender por que você tinha tanto medo de que eu adoecesse por tomar sorvete e nadar, sendo que minhas amigas nunca adoeciam por fazerem essas coisas. O fato é que tomei todos os sorvetes e chupei todos os picolés que eu quis. Com a cumplicidade de papai e de tia Zenóbia, que também me dava sorvete quando eu ia, sozinha, visitá-la.

Se você tinha tanto medo de que eu adoecesse, por que me tratava com tanto desvelo quando eu ficava doente? Era nesses momentos de enfermidade que eu sentia essa coisa que, inocentemente, interpretava como amor de mãe. Você me dava remédios de hora em hora, me punha para dormir na sua cama, media minha febre a noite inteira. Sempre vigilante e preocupada. Era tão bom receber sua atenção, seus cuidados, tanto que eu desejava não sarar nunca, só para ter aquele carinho, tão rarefeito nos meus momentos de saúde. Como quis ser amada por você de verdade, d. Matilde, sem fingimento, sem maiores senões. Por outro lado, não fazia sentido eu ter de adoecer para ser merecedora desse amor. Em tudo o que dizia respeito a você, havia algo de impossível. E paradoxalmente, qualquer coisa era possível. A sensação era de que tudo estava além dos porquês.

Cheguei a simular, ocasionalmente, dores de cabeça e de estômago, indisposições repentinas, tosses e espirros, apenas para que você me pusesse no colo e me afagasse, dizendo *tadinha, será que está doente?* Corri até o risco de me tornar uma hipocondríaca por opção. Confesso que até hoje nunca compreendi aquelas suas gentilezas comigo nos momentos de enfermidade.

Por outro lado, intriga-me até hoje algo que tia Zenóbia comentou, um dia, sobre nossa velha casa em Terra Verde, cheia de goteiras, e como meu berço não estava livre dos pingos quando chovia. Não sem constrangimento, ela contou que, em dias de chuva intensa, ia até o quarto onde estávamos e via que você, cansada de si mesma, alheia ao frio da chuva, nem se dava conta da umidade que me afligia. Então ela me tomava no colo, envolvendo-me ao lado do cão Jango em cobertores quentinhos, em meio às pulgas. Certamente algumas de minhas gripes foram causadas por aquela umidade.

Mas antes de me demorar nas doenças, sempre presentes em nossa história, quero voltar ao quintal, para que eu não perca o fio da meada: saiba que foi graças às minhas fugas para o alto da mangueira que descobri que gostava de inventar histórias. Nisso, eu só tenho a agradecer a você. Como também agradeço por ter me matriculado no jardim de infância, onde aprendi a ler antes de todos os colegas, motivada pela professora Dirce, a primeira pessoa a perceber que eu tinha facilidade com as palavras. Está vendo que reconheço as coisas boas que você fez por mim, mesmo desconfiando de que me mandou para o jardim de infância antes do tempo só para se livrar da minha presença durante umas quatro horas do dia?

Ah, a mangueira! Você nem imagina como as mangas, verdes e maduras, foram importantes para minha vida, pois acho que você morreu sem ouvir de mim essa história. Aliás, tenho muito o que contar, agora que não está mais aqui. Talvez eu seja incompetente para relatar tudo o que tenho para dizer. Mesmo porque certas coisas são praticamente irreveláveis.

Agora que acendi a luminária ao lado do computador, pois já está tarde, eu queria que se recordasse de quando peguei sua peruca loira, seus colares, lenços, batons e sapatos de salto alto e levei tudo para o fundo do quintal para poder me enfeitar sem que você visse. Eu, que a achava a mulher mais linda do mundo, tinha a pretensão de me vestir como você se vestia, pôr os colares que você punha e usar a peruca que você usava para incrementar seus penteados, quando ia com papai aos bailes no clube da cidade. Eu, que tinha medo de lhe pedir isso, resolvi fazer tudo às escondidas. Então, coloquei os cabelos loiros sobre os meus, pretos e cacheados, envolvendo-os com um diadema de flores. Lambuzei o rosto com a maquiagem, enchi-me de colares coloridos e enfiei os pés dentro dos sapatos frouxos, de salto alto e bico fino. O vestido ia até o chão, e precisei levantá-lo, amarrando as pontas em minha cintura. Feliz da vida, dancei ao redor das árvores como se eu fosse uma artista e, vaidosa, chamei Rubens para me ver. Ele, que devia ter quase quatro anos na época, ficou encantado com a peruca e perguntou se podia usá-la um pouquinho.

Foi exatamente quando eu punha os longos cabelos dourados na cabeça do meu irmão que você apareceu, com um cigarro entre os dedos. Impressionante como, de vez em quando, você aparecia assim, num piscar de olhos, como se estivesse sempre à espreita. Notei sua presença primeiro pela fumaça que saía de sua boca. Depois, seu corpo se impôs, enorme, maior do que a própria árvore.

Ao ver o seu menininho de peruca, você surtou. Arrancou um galho de arbusto e avançou sobre mim, enchendo-me o corpo de vergões, enquanto Rubens chorava sem parar. Aí veio o pior castigo, o castigo que eu mais temia: ficar ajoelhada sobre grãos de milho, com os braços abertos, virada para a parede encardida e descascada da casinha que ficava nos fundos da nossa. E você ainda punha a Tonha — mais sua escrava do que filha de criação, como era comum nas famílias de nossa cidade — para me vigiar e dedurar se eu relaxasse o castigo. Sabe como isso se chama? Tortura. Sim, d. Tilde, *t-o-r-t-u-r-a*. Como as que vó Luiza, sua querida mãe, fazia com as meninas que lhe eram entregues para serem criadas (no duplo sentido dessa palavra). No meu caso, pelo menos eu recebia, quase sempre que isso acontecia, a visita de Tarzan, que lambia minha perna, talvez por compaixão, e se deitava ao meu lado, permanecendo ali comigo. Naquele dia, ele chegou um pouco depois, talvez esperando que eu ficasse sozinha. Mas chegou.

A certa altura — após você ter se esquecido de mim lá na casinha, e a Tonha já ter se cansado de ficar à espreita —, levantei-me, abracei o cão e, mesmo com os joelhos doloridos e os braços cansados, subi no pé de manga, como uma tentativa de fuga. Tarzan me acompanhou até a árvore, ficou me olhando fixamente enquanto eu escalava o tronco com a pressa de quem foge, mas, depois que me viu nas grimpas e percebeu que eu já não precisava mais de sua proteção, se afastou rumo ao lugar onde costumava dormir.

As mangas, naqueles dias, acho que de outubro ou novembro, estavam quase maduras, espalhadas pela árvore. E então, no meu desamparo, comecei a conversar com elas, enquanto alguns insetos pousavam nas folhas ou nos meus braços, incluindo uma borboleta errática, que parecia não saber onde estava ou para onde ir. Foi nesse dia que inventei uma história, provavelmente inspirada em algum conto de fadas, e contei para elas. A partir daí, passei a frequentar a mangueira quase todas as tardes, quando você tomava seu calmante e ia para a cama. Trazendo à tona as personagens das revistinhas em quadrinhos ou das histórias maravilhosas que tia Zenóbia lia para mim, eu criava ao vivo, para as frutas, tramas mirabolantes e engraçadas, que me deixavam orgulhosa de mim mesma.

Houve um dia em que você, furiosa comigo por um motivo qualquer, pegou o chinelo e veio atrás de mim. Corri, ágil e destemida, subindo na parte mais alta da mangueira. Das grimpas, ouvia os seus berros, os quais eu tentava não escutar, pressionando as mãos sobre as orelhas. Você, então, obrigou Tonha a me tirar de lá de cima, reforçando: *Quero essa peste aqui embaixo, custe o que custar.* Ela escalou o tronco até um dos galhos, porém não conseguiu subir até onde eu estava. Lenta e pesada, Tonha não tinha a minha agilidade e acabou por recuar, com medo de um tombo feio. Foi depois — isso eu vi, de longe — repreendida com tapas ao descer. Nessas horas de fúria, você ficava tão feia que eu me esquecia de que era uma mulher de beleza quase inacreditável.

Não me livrei da surra que você — a viva criatura ambígua — me deu no dia seguinte. O que me fez passar mais horas por dia nos galhos mais altos das árvores do quintal. A goiabeira era igualmente boa para ser escalada. Acho que até mais que a mangueira e a jabuticabeira, além de dar frutas com mais frequência. Assim, eu alternava entre uma e outra, ficando mais tempo na que tinha frutas, pois eu precisava de ouvintes para as minhas histórias. Naqueles instantes, o ato de ouvir era, a meu ver, a razão de ser das frutas.

O pior era que, quando papai chegava da fazenda e eu contava a ele sobre essas punições, você dizia que era tudo mentira. Tonha confirmava: era pura invencionice minha. E Rubens não dava notícias de nada, indiferente a tudo o que não dizia respeito a si mesmo. Foi tia Zenóbia, um dia, quem alertou papai sobre o que chamou de *as ruindades da Tilde com a Analu*. Aí, ele passou a ficar atento, saindo de casa mais tarde nas segundas-feiras, chegando mais cedo da fazenda nas sextas e me levando, com mais frequência, para passear na casa de vovó Ana, que me tratava como se eu fosse a criatura mais adorável do mundo. Ele pegava sua bicicleta com cadeirinha na frente, me punha lá e seguia pelas ruas da cidade até chegar à casa onde nascera e aonde me levava sempre que podia. Aqueles percursos de bicicleta eram minha salvação e meu maior deleite. Não à toa, as bicicletas se tornaram para mim um fetiche, uma promessa de felicidade.

Anos depois, eu soube que tia Zenóbia chegou a brigar com você diversas vezes por minha causa. Até ganhou uns tapas, ao tentar me proteger de sua fúria. Ela era a mãe que eu queria que você fosse. Por isso fiquei tão desolada quando ela decidiu ir para Portugal com tio Amâncio, que herdou uma quinta nos arredores de Sintra. Foi a oportunidade que ela teve de ir morar na terra do marido e estudar numa boa universidade para, assim, realizar seu sonho de ser uma botânica profissional. No que estava certíssima. Mas eu, na época, não entendi por que ela estava indo embora. Passei meses amuada, chorando pelos cantos e, mais do que nunca, apegada às árvores e aos bichos do quintal. Restava papai, restava vovó Ana. Restava tia Emília. Restava a professora Dirce. Restavam minhas amigas da praça dos Vaqueiros — lugar que acabou por se tornar para mim uma extensão afetiva do nosso quintal. Um dia perguntei a papai o porquê desse nome para a praça, e ele me contou que, em tempos remotos, era lá que os boiadeiros deixavam bois e vacas atrelados em cangas e com balaios cheios de coisas diversas sobre o lombo.

O fato é que minha sensação diante do meu próprio desamparo, diante de tudo ao entorno e alhures, era de que eu pertencia, não mais que como um acidente, àquele mundo, a este mundo.

3.
Dentes e dentaduras

Meu interesse pelos insetos, pela vida urgente e obstinada que levavam nas pedras, folhas e buracos do quintal, só crescia. E eu lhes perguntava, em horas de desalento, como aprender a me salvar. Mas não se importavam comigo. Afinal, o que uma menina de seis, quase sete anos, significava, senão a ameaça da crueldade que mais tarde se moveria contra eles? Não me conheciam o suficiente para saberem que eu continuaria incapaz, quando me tornasse adulta, de lhes fazer qualquer mal.

A desconfiança foi, durante esses tempos, a minha perdição. Para mim, nenhuma das pessoas que me circundavam, especialmente você, me parecia inocente ou confiável o suficiente. Eu sempre me alarmava com sua presença, a presença de Tonha, de Rubinho e de suas amigas que me tratavam com desdenhosa atenção. Apenas os bichos e as plantas me inspiravam segurança. Da família, papai, vovó Ana, tia Zenóbia e, em certa medida, tia Emília, quando ela dava o ar de sua graça, já que naqueles anos ainda morava em São Crispim da Moita com as duas filhas pequenas. Mesmo assim, hoje me pergunto: como se pode conhecer de verdade quem quer que seja?

O tempo passou devagar e, quando, aos oito anos de idade — eu já estudava no colégio das freiras, depois de ter passado um ano no Grupo Escolar São Jerônimo —, estava me preparando para a prova de matemática, ouvi seus passos duros percorrendo meu quarto. Você chegou até mim com a intenção de me mostrar algo. Com o cigarro entre os dedos, como sempre. Sua boca estava enorme, pois você sorria de maneira escancarada para comemorar um acontecimento em sua vida: naquele dia, começava finalmente (como a maioria de nossos parentes) a usar dentadura, a mais cara de todas, e queria que todo mundo soubesse disso como se fosse uma conquista para poucos.

Por uns minutos, até que gostei daqueles dentes muito brancos e simétricos, perfeitos em seu simulacro de uma dentição saudável e vistosa. Mas assim que você começou a conversar e olhei com atenção para sua boca, levei um susto: dependendo das sílabas proferidas, seus dentes postiços de cima se deslocavam da gengiva, numa espécie de dança macabra. Para mim, foi uma cena de terror. A dentadura tombava sobre o lábio inferior, enquanto a gengiva de cima se abria num buraco negro. Você, muito inteligente, percebeu isso. E passou a usar esse movimento dos dentes para me apavorar quando bem queria. Por um bom tempo — até que fosse reparado o problema dos dentes superiores — evitei olhar para sua boca quando você falava. Sobretudo quando eu intuía que estava brava comigo.

Os dentes, meus e dos outros, sempre foram uma referência pouco desejável em minha vida. Tive dentes podres entre os quatro e os seis anos de idade, o que me deixava à margem de tudo. Por muito tempo deixei de sorrir por conta disso, ou sorria envergonhadamente, pois não queria que as pessoas vissem meus dentes e me achassem horrorosa. Nenhuma de minhas amigas tinha esse problema. Só eu. E não adiantou papai dizer que logo, logo, os dentes ruins cairiam, e nasceriam outros, belos e saudáveis. O que me era confirmado por todo mundo que gostava de mim.

Felizmente, hoje tenho dentes lisos e claros, embora não totalmente confiáveis. E não foi necessário nenhum ato radical para que eles se mantivessem assim. Apenas o cuidado que você não dispensou aos meus dentes de leite ou não me ensinou a ter com eles naqueles anos. Não, não vou usar dentadura, como achei que pudesse acontecer porque você dizia que isso seria inevitável um dia.

Tempos atrás, quando eu estava com mania de ler dicionários e enciclopédias do início ao fim, fui pesquisar a história da dentadura, essa coisa que simula dentes verdadeiros e ausentes. Li que é um artefato que só pode ser usado depois que todos os dentes remanescentes forem totalmente extraídos e a pele das gengivas estiver cicatrizada. Foi confeccionada, pela primeira vez, para um samurai, há mais de trezentos anos. Uma dentista que conheço me contou que a sensação de quem começa a usá-la é de estranheza e desconforto. Além disso, provoca um fluxo maior de saliva, acompanhado de uma falta de jeito da pessoa em acomodar a língua. Com você, aprendi que não se deve deixá-la secar. É sempre bom colocá-la, à noite, num copo d'água para que não seque.

Estranho que, meses atrás, ao pensar na sua morte, fiquei a me perguntar se você teria sido sepultada sem a dentadura, por esquecimento ou displicência de quem a preparou para o enterro. Essa preocupação me veio por causa da história de vovô Deodoro, que todo mundo da família ainda comenta, num misto de medo e humor. Desde que a ouvi pela primeira vez, guardei-a como um caso a nunca ser esquecido. Mas como esquecer que meu próprio avô, seu pai, voltou várias vezes depois de morto, indignado por não ter sido enterrado com a dentadura, que tinha sido deixada numa gaveta do guarda-roupa do quarto que ele ocupara por mais de cinquenta anos? Você me contou essa história em diferentes ocasiões, mas quem a repetia com mais frequência era tia Emília, por ter visto, várias vezes, o fantasma dele rondando os cômodos do casarão da família, à procura de alguma coisa. Foi vó Luiza quem teve o insight de que ele pudesse estar atrás da dentadura esquecida. Por recomendação do padre, ela resolveu enterrá-la no quintal, precisamente no lugar onde vovô gostava de se sentar para ler seus livros. Desde então, ele sossegou, e ninguém mais viu o seu vulto cinza nas madrugadas, abrindo a porta do guarda-roupa e perambulando pela casa.

Uma pena eu não ter conhecido meu avô. Todo mundo fala que foi um homem generoso e discreto, além de muito culto. E que não deixou de sofrer nas mãos de vó Luiza, sobretudo quando ficou gravemente doente. Dizem que ela tinha medo de ser contaminada pela doença dele — era câncer no intestino? — e, por isso, deixou-o nas mãos das criadas, acompanhando-o à distância até a morte. O que ela negou veementemente num relato que escreveu e me entregou quando passou a confiar em mim e quis que eu guardasse seus escritos.

Pouco sei sobre o relacionamento que você teve com ele, a não ser que se davam bem. *Papai me amava muito*, você costumava me dizer. Um dia, numa carta em que me pedia dinheiro para mandar fazer uma dentadura nova, você disse que, em troca, rezaria por mim e pelo Pedro. Jurou, com as palavras sublinhadas: *Prometo isto pela alma de meu pai que foi a pessoa que mais gostou de mim, me amava sem reservas, todos sabem disso, e ele é a pessoa que mais amei na minha vida, apesar de ter me deixado só com treze anos, com a mamãe desorientada e eu sem ninguém pra me dar conselhos.* E acrescentou: *Pena que ele morreu tão cedo.* Não há como não dizer também quase a mesma coisa em relação ao meu pai. Meu querido pai, que você dizia amar, mas com um amor que o deixava aturdido, que o estraçalhava por dentro.

De tempos em tempos, me pergunto por que a maioria das mulheres de nossa família sempre foi tão implacável, e os homens, tão frágeis? Quantas vezes você humilhou aquele homem, o espancou e até feriu com panelas e saltos de sapatos, e ele, em vez de reagir, tentou acalmá-la com delicadeza, para não dizer submissão? Assisti a isso ao longo de todos os anos que ele viveu conosco, e a única coisa que podia fazer era ficar junto dele, demonstrando minha afeição e minha solidariedade.

O grande problema de papai era não conseguir falar "não" a quase ninguém, principalmente a você. Fazia qualquer coisa para atendê-la. Não sei se por amor. Talvez por pena do que julgava ser a sua loucura. Ou por culpa, pois todos sabiam que ele não era santo e, de vez em quando, a traía com outras mulheres. Sei de pelo menos duas com quem ele se relacionou enquanto estava casado com você. E não sei por que eu, secretamente, gostava disso. Uma delas, conheci pessoalmente: era funcionária do banco Real. Descobri que eles tinham um caso porque fui com ele até a agência e vi que se olhavam com cumplicidade e se tocaram com os dedos de uma maneira suspeita. Eu já era mocinha e, graças ao que tinha aprendido nos romances que lia com frequência, pude perceber que havia uma relação íntima entre os dois.

Não faço ideia de quem lhe contou tudo o que se passava entre eles. Só me recordo de seu destempero e de como obrigou Tonha a pegar todas as roupas dele, jogar água com açúcar e pó de café nelas, enfiar tudo dentro de uma grande mala, para depois, sem fechá-la totalmente, lançá-la pela janela da casa. No contato com a calçada, uma maçaroca de tecidos melados se espalhou, causando perplexidade a todo mundo que passava por ali.

Aliás, nunca entendi essa história da água com açúcar e pó de café. Parece que papai também não entendeu. Porém, em poucos dias, vocês ficaram bem de novo, como se nada tivesse acontecido. Era do feitio dele: redimir-se pela condescendência. Não tenho dúvidas de que sua incapacidade de ser indiferente, ou mesmo cínico, foi o que converteu a vida dele num inferno.

Anos depois desse caso, tia Emília me contou que ele teria terminado com a amante para não perder você. O que, entretanto, não foi suficiente para que o poupasse de seus arroubos crescentes de fúria. Lembra-se daquela vez que papai chegou da fazenda com garrafas de leite e um cesto de ovos, e você, nervosa por motivos desconhecidos, virou o cesto sobre a cabeça dele? Até hoje a cena me vem à tona: as claras e gemas escorrendo pelo rosto de um homem atormentado e sem saber o que fazer. Naquele dia, eu o acompanhei até a casa de vovó Ana e confesso que nunca tinha visto um homem tão assustado como ele estava quando seguimos de bicicleta rumo ao bairro das Flores. Ele pedalou em silêncio, como se anulado dentro de si mesmo.

Ao chegarmos, vovó Ana nos recebeu com a alegria de sempre, mas percebeu que havia algo com o seu Vicentinho e o cobriu de afagos e agrados de todo tipo, perguntando o que tinha acontecido. De repente, o papagaio Chico pulou do seu poleiro sobre os ombros dela e começou a repetir os nomes Vicentinho, Aninha, todo espalhafatoso, interrompendo a conversa que se iniciara entre os dois. Era sua maneira de nos dar boas-vindas, já que éramos os únicos humanos, além de vovó, a merecermos seu apreço e confiança. Chico gostava tanto de mim que, quando eu me distanciava rumo a outro cômodo ou para a porta da sala, começava a gritar um *quá-quá-quá* mais apropriado para um pato que para um papagaio.

Assim que vovó me abraçou e passou a mão pelos meus cabelos, franziu a testa e disse: *Minha filha, acho que você está com mau-olhado, estou abrindo a boca, vê?, e precisa ser benzida.* Meus olhos brilharam de satisfação, pois eu adorava quando ela bocejava ao me encontrar, indicando a urgência de um benzimento. Vovó, então, pediu que eu esperasse um pouco, pois precisava conversar com o filho triste, e ao voltar minutos depois, me levou até o fogão a lenha que havia na cozinha, me pôs sentada num banco de madeira ao lado e foi até a pia, onde pegou um copo d'água e uma colher, dirigindo-se depois ao fogão para apanhar a primeira brasa. Jogou-a na água do copo, enquanto rezava e falava frases de improviso. A brasa, surpreendentemente, afundou. As outras duas também tiveram o mesmo destino, até que a quarta ficou boiando na superfície, o que significava que os maus fluidos haviam sido dissolvidos, e eu estava limpa de invejas, maldizeres e maldições. Chico ficava sempre por perto nessas horas, como um anjo verde a nos proteger.

Esse benzimento costumava acontecer de tempos em tempos, sempre que minha avó percebia que havia algum revés dentro de mim. Ocasionalmente, ela usava ramos de arruda ou uma medalha de Nossa Senhora da Abadia, protetora dela e de meu pai. Sua casa era cheia de vasos de plantas milagrosas, imagens de santos, terços, quadros com reproduções de anjos da guarda e de cenas da vida de Jesus. Nossa Senhora da Aparecida estava presente em uma grande escultura de gesso, vestida com roupas de cetim e veludo, com detalhes dourados, e ficava sobre uma mesinha de canto, rodeada de pequenos vasos com flores de plástico. Eu ficava intrigada: se quem protegia a família era Nossa Senhora da Abadia, por que aquele altar homenageava outra santa?

Depois que vovó morreu, papai passou a me levar para ser benzida por um senhor cego, conhecido como um guia espiritual muito abençoado. Era um homem negro e esbelto, viúvo fazia muito tempo, que havia sido capitão de congado e, após uma doença que lhe custou os olhos, passou a ter visões luminosas. João era seu nome. Benzia com um terço e as ervas que colhia no quintal. Ele costumava dizer que só quando parou de enxergar foi que pôde enxergar de verdade. Pelo que eu soube décadas depois, ele viveu até quase os cem anos de idade. Enfim, até hoje fico espantada com o inexplicável poder que tinham vovó Ana e seu João, assim como outras pessoas, em especial as mulheres benzedeiras que viviam nas redondezas. Possuíam uma força secreta, capaz de atingir nossas mais íntimas enfermidades, fossem estas do corpo, dos nervos ou da alma.

Agora, ao me lembrar disso tudo, volta o desconforto de antes. Os ovos lançados sobre a cabeça de papai, os impropérios lançados a mim e a ele, a garrafa de leite lançada contra a parede da sala, tudo isso se mistura em meus pensamentos. Não dá para entender como você, apesar desses destemperos, pôde ter inspirado a quase todos ao seu redor tanta piedade e recebido (de certas pessoas que não a conheciam de fato) uma grande afeição. Havia quem a visse como uma pobrezinha, cheia de doenças e tomada por infelicidades. Já outras pessoas falavam de você como uma mulher boa e generosa. Talvez porque sempre dava presentes às amigas íntimas, aos amigos de Rubinho e a todos os que se submetiam aos seus caprichos.

Você recebeu heranças, e não foram poucas, dissipando tudo em curto tempo, não apenas com gastos inúteis e excessivos, mas também com esses gestos de generosidade seletiva e, quase sempre, interessada. As pessoas ficavam nas suas mãos, você fazia o que bem queria com elas, e elas então faziam o que você ordenava. Mesmo tendo se empenhado, você, felizmente, não logrou me corromper, embora tenha feito algo quase tão pernicioso quanto um suborno: conseguiu me afastar de mim mesma, tal como tinha afastado meu pai de si próprio, em ampla e preocupante medida. Por conta disso, durante muito tempo deixei de saber o que ou quem eu era realmente, se era boba ou corajosa, feia ou mais ou menos bonita, indigna de seu amor ou merecedora dele. E não me pergunte o que quero dizer com isso. Como vê, ainda sou cheia de incertezas. Ou, melhor, a incerteza é parte do meu desígnio.

Nos meus improvisos da memória, os dentes sempre voltam quando falo das violências, incertezas e emoções sombrias daqueles tempos. Se não voltam como um rangido, vêm como imagens intrusas do que me esforço para esquecer.

Quando fui empurrada por Estela na piscina da vizinha e quebrei um dos meus dentes incisivos por ter batido a cabeça na borda, pude experimentar o inferno mais tenebroso de minha infância. Eu tinha oito anos e meus dentes podres já haviam desaparecido. Naquele dia, Raquel, minha prima querida, e Estela, a que eu detestava, estavam comigo, pois tia Emília as deixara passar férias conosco, e as levei para nadar às escondidas na casa ao lado. O pior de tudo foi ter sido levada por você ao dentista logo após o acidente e eu, rebelde, tê-lo chutado para não ser machucada por aqueles aparelhos terríveis. Levei beliscões e tapas de sua parte, é claro, para que ficasse quieta. Fiquei, contudo, sem chorar nem demonstrar que meus braços estavam ardendo. Deixei o dentista vasculhar minha boca, fazer o que queria com ela, enfiar na minha gengiva uma massa provisória que dava a ilusão de um dente completo e podia disfarçar o estrago até a semana seguinte, quando o pedaço artificial ficaria pronto para ser colado ao toco que me sobrara depois do acidente. Sim, fiquei quieta e impaciente por dentro, mas não sem um gostinho de prazer por ter lhe dado tanto trabalho e não ter soltado um gemido, uma lágrima sequer, depois de seus tapas e beliscões. Viu? Eu também não era confiável.

Dentes, descreveu Houaiss em seu dicionário, são feitos de uma "estrutura mineralizada implantada nos alvéolos dos maxilares superior e inferior, que realiza a mastigação e auxilia a articulação dos sons e palavras". Mas, para mim, sempre foram algo mais: um visgo, uma fissura, um caso sério.

4.
Chás e sapatos

Eu não chorava por você desde janeiro desse fatídico 2020, quando, por acaso, tive a oportunidade de ir, mesmo que simbolicamente, ao seu velório. Por mero acaso. Sabe essas coisas que acontecem como se tivessem mesmo de acontecer para que algo se resolva dentro da gente? Pois é, mesmo tendo assumido todas as despesas de seu funeral em Terra Verde para compensar a minha ausência naquele dia, não conseguia me livrar do peso de não ter podido ir ao enterro de minha própria mãe.

Dois meses depois de sua morte, decidi passar minhas férias em Londres para tentar recobrar o prumo. Tão logo cheguei lá, soube do falecimento de uma das pessoas com quem eu convivera nos anos em que morei naquela cidade com Pedro. Uma senhora mais ou menos da sua idade, juíza aposentada, que morava na casa ao lado da que ocupamos. Foi com ela que me iniciei nas artes do chá e na literatura do também inglês Julian Barnes, que acabou por se tornar um dos meus escritores favoritos naqueles tempos londrinos.

Nancy era o nome dessa vizinha. Costumava nos convidar para jantar em sua casa nas datas festivas e, graças a esses encontros, conheci muita gente interessante, incluindo um casal de indianos que visito sempre que vou à Inglaterra. Foi ao avisá-los de minha chegada que recebi a notícia do falecimento de nossa amiga, ocorrido semanas antes, e do sepultamento que se realizaria em breve. Os ingleses têm esse costume de postergar os funerais por muitos dias ou semanas, de modo a prepararem a cerimônia com esmero, a qual quase sempre inclui uma festa de despedida em homenagem a quem partiu. O que para nós pode soar muito estranho.

Vesti a melhor roupa preta que havia levado e peguei o trem para o cemitério situado no sudeste londrino. Durante toda a viagem, a sensação foi de que eu estava fora de órbita, em um estranho estado de ausência. Fiquei o tempo todo de pé, com o braço levantado, segurando a barra acima de minha cabeça e pensando na insensatez daquilo tudo, mas certa de que ir àquele ritual fúnebre era do que mais precisava após você ter morrido e eu não ter podido chegar a tempo para o seu enterro.

Depois de ouvir as comovidas palavras de alguns presentes na cerimônia de homenagem, me aproximei do caixão de Nancy — que lá permanecia numa serenidade inquietante — e deparei com o seu rosto sobreposto ao dela. Ali estava a mesma brancura envolta num cabelo prateado, sem qualquer resquício de tinta. Nas faces, rugas idênticas às suas. O lábio superior, fino e encolhido, esforçando-se numa espécie de sorriso tímido. Eu via você, ali na face de Nancy: maçãs do rosto salientes, expressão de quem levitava numa lírica experiência de partida, sem nenhuma convicção de culpa. Era como se ela (e, por extensão, você) nunca tivesse causado, a quem quer que fosse, qualquer dano. Foi por isso que naquele instante comecei a chorar e me dei conta de que não precisava mais me recriminar por não ter conseguido chegar a tempo para o seu funeral em Terra Verde.

Ao sair do salão de festas, num prédio antigo em frente a um grande parque, fui andando até a estação. No caminho, resolvi me sentar num banco que vi perto de um jardim. Fiquei lá por certo tempo, com os pensamentos emaranhados. Entre as coisas que me vieram à mente estavam os ensinamentos que recebi de Nancy sobre os chás. Lembrei-me de quando ela me perguntou, pela primeira vez, qual era o meu chá preferido e eu respondi que não bebia chás com frequência e era mais afeita ao café. Ao que ela reagiu, dizendo: *Você não sabe o que está perdendo*. E começou a me falar sobre as artes do chá, com um saber enciclopédico que me impressionou. Contou-me, como se não soubesse de minha formação, que o chá legítimo é feito da *Camellia sinensis*, erva de folhas tenras e originária da China, e que, dependendo da oxidação, pode ser branco, verde, amarelo, vermelho ou preto. Cada um com suas surpresas e seus benefícios. Narrou, em seguida, pelo menos três lendas sobre o surgimento do chá, como a do príncipe que, tendo feito a promessa de se recolher num jardim para meditar noite e dia, arrancou as próprias pálpebras, lançando-as num dos canteiros, só para não se render ao sono. Das pálpebras teria, então, brotado a planta do chá. Nunca me esqueci dessa história que ela contou com prazer enquanto esperava a água ferver para preparar o verdadeiro chá para nós. Explicou-me ainda que as infusões com outras ervas não deveriam, a princípio, ser chamadas de chás, e sim de tisanas, embora hoje em dia tudo acabou por ganhar o nome de chá. Eu ouvia com prazer, como se fosse algo inédito para mim, mesmo porque era de fato. Afinal, foi a primeira vez que conheci alguém que tinha um saber tão vivo (e poético) sobre a história e as potencialidades da *Camellia sinensis*. Perguntei-lhe qual era o que estava preparando para nossa tarde e soube que era um chá verde vindo das plantações japonesas perto do monte Fuji, com aroma de amêndoas e ameixas. Desde aquele encontro com Nancy, nunca mais deixei de tomar uma xícara de chá verde, branco ou preto nos fins de tarde quando estou em casa, nem de ler os livros específicos sobre o assunto que passei a comprar.

Você, quando eu era muito pequena, costumava me dar infusões de erva-cidreira para que eu sossegasse, dizendo que eu não parava quieta. Preparava um chá demasiadamente doce, pois você achava que açúcar também ajudava a acalmar. Talvez por isso eu tenha tanta resistência a coisas adocicadas. Vó Luiza e vovó Ana também exageravam no açúcar, todos em Terra Verde parecem formigas, de tão viciadas em coisas açucaradas. Porém, só você me enfiava os chás melados goela abaixo, me causando enjoos e muita raiva de açúcar.

Já viu que quase todas as minhas idiossincrasias advêm de seus excessos, exigências e restrições? Ao contrário do que aconteceu com Nancy, que tinha um rosto tão parecido com o seu, quase tudo o que aprendi com você foi como *não* fazer o que tentava me convencer que era bom para mim.

Mas voltemos a Londres e à minha caminhada rumo à estação após os devaneios no banco do jardim. Meu estado de espírito, tomado por uma inquietude incomum, não se apaziguara com a memória dos chás. Resolvi perambular um pouco mais pelo bairro, aproveitando que não chovia e o dia ainda estava claro. Assim que passei em frente a uma loja de calçados, um par de sapatos exposto na vitrine me reteve, emaranhando mais uma vez meus pensamentos. Obviamente, lembrei-me dos tempos em que papai mantinha sua pequena sapataria naquela rua estreita perto do centro, onde ele não apenas vendia calçados, mas os fabricava com o apuro de quem ama seu ofício. Você mesma me contou que o conheceu quando passou por lá e ficou encantada com o sapateiro bonito que a atendeu com muito charme e cortesia. Deu no que deu.

Lembro que os sapatos que papai fazia tinham um cheiro consistente, que demorava a se dissipar: uma mistura de couro, cola e mais alguma coisa. Ele sabia coser, remendar, entrelaçar. O fato de ter de ficar numa posição curvada quase o tempo todo não o demoveu do amor pela profissão, mesmo depois de assumir os trabalhos rurais. Hoje, ao pensar nele naquela época em que eu ainda era criança, vem-me à mente uma figura que conheci quando me interessei por alquimia, na adolescência: o alemão Jacob Boehme, alquimista sapateiro que não tinha nenhuma instrução formal, mas nunca deixou de ser sábio. Antes de fazer sapatos, foi pastor de ovelhas nas montanhas que ficam nos arredores de Görlitz, sua cidade natal. Dizem que ele tinha visões místicas, e a primeira aconteceu quando completou vinte e cinco anos de idade, em 1600. Não contou a ninguém, até que, dez anos depois, teve outra, que lhe revelou em um quarto de hora o que nunca aprenderia em anos e anos de estudos. A partir de então, começou a escrever. Mesmo tendo sofrido o preconceito das pessoas doutas do tempo, que a ele aplicavam o velho conselho "sapateiro, não vá além dos sapatos", ultrapassou o seu próprio ofício, escreveu livros importantes e se tornou um grande mestre espiritual.

Um dia, ao tentar criar um personagem sapateiro para um dos meus contos, voltei à biografia de Jacob e à pesquisa sobre a história dos sapatos. Descobri, entre outras coisas, que, em tempos remotos, as mulheres gregas geralmente andavam descalças ou de sandálias na rua, guardando os sapatos fechados para a casa; os etruscos usavam sapatos de cano alto e bico revirado; os romanos foram os primeiros a moldar sola e gáspea; os *khazares* criaram as botas verdes, resistentes à água do mar e às escarpas, numa época em que nunca tinha se visto um cadarço ou uma fivela. Há quem diga, inclusive, que os sapatos de salto alto apareceram nos tempos de Luís XV. Já as máquinas americanas de costura só passaram a ser usadas no século XIX, o que tornou a fabricação bem mais ágil.

Mesmo com os maquinários disponíveis, papai gostava de fazer tudo com as próprias mãos. A sola era presa ao corpo do sapato com pregos, e toda costura era ele mesmo quem fazia. Eu passava tardes com ele na sapataria, tentando ajudá-lo no que fosse preciso, mas talvez atrapalhando mais do que tudo. Ele não se importava; pelo contrário, arrumava tarefas para eu fazer, ainda que soubesse de minha falta de jeito para elas. Eu o ajudava a colocar as fivelas, por exemplo, sentada numa banqueta que ficava ao lado de um caixote de madeira, sobre o qual ficava uma imagem de são Crispim, o santo dos sapateiros. Para mim, tudo aquilo, todas aquelas tarefas, não deixavam de ser uma alegre brincadeira.

Quantas vezes ouvi você menosprezar o ofício dele, dizendo que era serviço de quem não tinha nada melhor para fazer, como se ele não soubesse fazer outras coisas além de fabricar sapatos. Tanto falou em seus ouvidos que o convenceu a deixar a sapataria e assumir a fazenda que você herdou. Foi quando, pela primeira de duas vezes, me senti privada, por obra sua, não apenas do prazer de ajudá-lo com as fivelas, mas principalmente da presença dele em meus dias.

A segunda foi depois que resolveram se separar por um tempo e você decidiu se mudar comigo e Rubens para Uberaba, argumentando que queria ficar perto de sua prima Ângela, que, na época, morava lá com o marido e os quatro filhos. Foi um desastre aquela mudança. Eu estava indo tão bem nos estudos, avançava também nas aulas de ginástica olímpica no colégio, e tive de interromper tudo a contragosto. Papai ficou arrasado com sua decisão, assim como eu. Não fazia sentido ir para uma cidade que mal conhecíamos só porque você, na verdade, queria se vingar do homem que a havia traído uma vez mais com não sei quem. Lembro-me de quando ele foi se despedir de mim e de Rubinho: chorava sem parar, como eu nunca vira antes ou veria depois. Foi um dos momentos mais tristes de minha quase adolescência. Durante toda a viagem de ônibus, eu não disse uma palavra sequer. Hoje, compreendo os motivos que a levaram à separação e a esse ato radical, mas naquela época não fui minimamente capaz de me colocar no seu lugar e lhe dar razão.

Em Uberaba, onde felizmente ficamos só por seis meses, você disse diversas vezes que ia se suicidar. Já havia feito ameaças assim bem antes da mudança, ou melhor, fazia desde sempre, nos sobressaltando o tempo todo com essa possibilidade. Voltou a falar disso, repetidamente, dois anos depois de retornarmos para Terra Verde e você reatar com papai porque ele implorou que você reatasse com ele. Aliás, não apenas voltou a falar, a ameaçar, mas fez algo que apavorou todo mundo.

No dia em que isso aconteceu, eu estava no colégio e, no meio da tarde, fui chamada pela diretora, que, hesitante e com um olhar preocupado, me disse que haviam telefonado comunicando que eu precisava ir imediatamente para casa. Fui, sem ter ideia do que estava acontecendo. Ao chegar, estavam todos diante da porta fechada: papai, Rubens, tia Emília, Raquel e Estela. Você tinha se trancado dentro da casa com uma arma (que, vim a saber depois, foi comprada do vizinho) e ligou para todo mundo dizendo que ia se matar. Exigiu que todos fossem para lá. Caso contrário, se suicidaria.

Foi Rubens quem conseguiu que você abrisse a porta e o deixasse entrar. *Só o Rubinho*, você gritou pela fresta da janela. Para todos os efeitos, foi ele quem impediu o seu ato de insanidade. Mas até hoje não sei se esse ato de fato aconteceria. Para mim, nada em você nunca me parecia inocente. Inúmeras vezes você nos chantageou, porém nunca pôs em prática as ameaças. Era como se essa fosse uma forma — a mais extrema — de nos devastar, convencendo-nos de uma culpa que não era propriamente nossa: a de você existir em nossas vidas.

Meu aniversário de quinze anos aconteceu três meses depois desse episódio. Papai, que sempre gostou de festas, resolveu fazer uma daquelas que todas as meninas da minha idade desejavam. Na época, eu já estava namorando Rodrigo, que aceitou fazer o papel de príncipe numa cerimônia idealizada por tia Emília: a troca de sapatos. O ritual consistia em tirar os sapatos de salto baixo e pôr os de salto alto, como símbolo da passagem da vida de menina para a vida de mulher. Foi um grande acontecimento: eu me sentei numa cadeira revestida de veludo vermelho, e papai chegou trazendo, sobre uma almofada também vermelha, com franjas douradas, os sapatos novos, entregando-os ao príncipe, que, por sua vez, os pôs nos meus pés depois de remover os antigos. Tudo sob aplausos dos convidados. Em seguida, foi a valsa. Primeiro, com papai; depois, com Rodrigo. Os dois, exímios nos movimentos do corpo.

Você, naquela noite, usava um vestido cor-de-rosa e uma flor preta nos cabelos. A cor da roupa se misturava com a do seu rosto, realçado por uma maquiagem delicada, mas eficiente. As sobrancelhas, finas e desenhadas, davam um ar romântico ao conjunto; a cintura, comprimida por uma cinta elástica, não sugeria qualquer excesso ou flacidez. Os brincos de pérola se insinuavam sob os fios de cabelo que encobriam suas orelhas, ficando explícitos quando você, me lembro bem, passava os dedos pelo rosto. De tempos em tempos, vejo as dezenas de fotos que tiramos naquela noite inesquecível. Numa delas, mesmo ao meu lado, eu com meus braços envolvendo seu ombro, você está alheia à minha presença, com o olhar perdido não sei onde, como se não quisesse estar ali.

5.
A boneca e a bicicleta

Não sei se o melhor presente que já recebi foi a enorme boneca que ganhei de tia Emília aos cinco anos ou a bicicleta que meu pai me deu de Natal quando fiz dez. Mas por ter sido o primeiro grande presente da minha vida, a boneca foi, sem dúvida, o que mais me marcou.

Era do meu tamanho, tinha olhos azuis e cabelos ruivos muito lisos. As pernas rechonchudas saíam do vestido azul-piscina e se afinavam dentro das meias três-quartos brancas enfiadas nos sapatos pretos. A boca parecia ter uma camada de batom bonina. Foi como se eu tivesse ganhado uma irmã oposta a mim na cor e na beleza, não sei se mais nova ou mais velha, se mais inteligente ou não. Dei a ela o nome de Sílvia.

O motivo desse presente de aniversário teve a ver com você e seu leite, lembra? Tia Emília, que já não aguentava mais a história de minha dependência de suas tetas, tinha resolvido me dar a boneca para tentar me livrar daquele hábito, segundo ela, sem cabimento. Até ler eu já tinha aprendido, com a ajuda das revistas em quadrinhos que papai comprava para mim, sobretudo as da Luluzinha, personagem que era a minha cara: cabelos escuros e encaracolados, nariz arrebitado e um ar traquinas. Para tia Emília, já tinha passado da hora de eu parar de me comportar como um neném. Se ela havia conseguido desmamar Raquel e Estela antes de cada uma completar um ano de idade, por que Matilde não conseguiria fazer o mesmo comigo?

De fato, é inacreditável que, aos cinco anos, eu ainda dependesse de seus peitos para sobreviver. Logo eu, uma mamífera tida como inteligente por todo mundo, que falava corretamente as palavras, desenhava bem, decorava com facilidade todas as músicas que me agradavam, sabia encantar as pessoas com minhas conversas desenvoltas. Você dizia que a culpa não era sua, pois eu é que nunca quis ser desmamada. *Estou tentando desde que ela fez um ano, mas não dou conta*, você argumentava quando alguém da família chamava a sua atenção. Hoje me pergunto se o problema não teria sido seu. O "não dar conta" talvez tenha se devido ao fato de você, no fundo, não querer pôr um termo naquilo. Afinal, que poder tinha uma criança daquela idade para tomar uma decisão que ia contra o que ela, instintivamente, desejava? Era você quem tinha esse poder de me impedir, de arrumar alternativas para que eu me livrasse do seu leite. Não cabia a mim, viciada no aconchego do seu corpo, dar um basta na minha fome, na minha dependência de você naqueles únicos momentos de intrínseca (e verdadeira) aproximação entre nós.

Reconheço que, muitos anos mais tarde, alguns desses momentos de proximidade aconteciam por vias diferentes, como quando você estava triste e eu chegava para perguntar o que tinha acontecido e, acarinhando seu braço, provocava um diálogo possível entre a gente. Você contava o acontecido, chorava, me abraçava, me chamando de querida, falávamos dos abismos da casa e dos problemas de família, cogitávamos as coisas que poderiam acontecer a qualquer hora, você falava de sua solidão e eu falava da minha. Foram esses os nossos raros instantes de afinidade sem dissídio, de afeto sem ficção. Nessas horas, eu acreditava que pudesse surgir uma cumplicidade recíproca e permanente. Mas não. De repente, tudo se rompia de novo, e você começava a me atribuir a culpa por todos os reveses de sua vida, incluindo a sua loucura.

Aliás, por muito tempo tive pena dessa loucura. Depois, passei a desconfiar um pouco dela, atenta a alguns ardis que pareciam sustentá-la. Sim, sempre houve uma lógica incerta na sua insanidade, mas demorei a me dar conta disso. Os diagnósticos médicos sempre foram bastante contraditórios e, de vez em quando, você se valia dos mais contundentes para justificar o injustificável, certa de que lhe daríamos razão. E dávamos. Já li que há pessoas que se refugiam numa palavra científica ou num diagnóstico ininteligível para se defenderem de suas próprias vítimas. Arrisco dizer que talvez fosse esse o seu caso. Muitas vezes me pergunto se você, em algumas situações, se escondia atrás dessa loucura para cometer seus inconcebíveis atos de perversidade, pois era quase sempre ela o pretexto para suas extorsões, seus gritos e arroubos de violência contra mim, meu pai e as pessoas que a serviam. Era o subterfúgio que você mais usava para conseguir tudo o que queria de alguém.

Teria sido a sua loucura, por vezes fingida, usada para justificar seus próprios atos contra as pessoas que a amavam? O que posso dizer é que continuo me perguntando, até hoje, se um louco é capaz de se fingir de louco, ou se o fingir-se de louco já é o atestado definitivo de sua loucura. Pode ser também que a sua tenha sido legítima, como garantiam dubiamente os diagnósticos psiquiátricos, e eu não a tenha assimilado, de todo, enquanto tal. Confesso que tudo isso me deixa desnorteada.

Quanto ao leite, ele nunca saiu do radar. Durante anos e anos, você me acusou de ter murchado os seus peitos e ter rasgado, quando bebê, todas as suas camisolas porque eu queria dormir dentro delas para ficar colada em você durante a noite. Não sei por que deixou que isso acontecesse. Estou quase convencida de que não era por amor, nem por dó. Talvez, por uma carência sua, um buraco na sua história que precisava ser preenchido. Mas quem sou eu para fazer um diagnóstico, se eu mesma nunca consegui me equilibrar nos limites vacilantes das coisas que vivi?

Sílvia cumpriu seu propósito. Desde que a ganhei, nunca mais quis o leite que você me oferecia, embora você tenha me cobrado tanto por ele. Era como se eu tivesse assumido, com a boneca, o papel que você havia desempenhado (ainda que precariamente) até então: a maternidade. Ou, pelo menos, a simulação dela. Aliás, pelo que soube em minhas pesquisas, as bonecas foram criadas exatamente para preparar as crianças para essa função, desde tempos remotos. Já houve bonecas feitas em alabastro, as de cabelos banhados em argila e as de olhos de vidro. Quando passaram a ser comercializadas, apareceram as de madeira, tecido, cerâmica, porcelana. A partir do século XIX, surgiram as de plástico, papel, metal, vinil, gesso, cera e PVC. Tive algumas feitas com esses materiais, mas nenhuma se parecia tanto com gente de verdade como a que ganhei de minha tia.

Se a boneca, por um lado, me livrou dos seus peitos, não me libertou de seu leite. Descobri isso quando comecei a ter crises de urticária e edemas por volta dos onze anos, e você cogitou que as alergias pudessem ter aparecido por causa dos anticoncepcionais fortes que tinha tomado enquanto me amamentava, mesmo contra a indicação médica. Em outras palavras, você teria, deliberadamente, me envenenado: é como hoje interpreto sua justificativa. Até poucos meses atrás, esse seu veneno — se foi mesmo através dele que as urticárias invadiram minha vida — me atormentou de tempos em tempos.

Quantas vezes fiquei com o rosto todo inchado, cheia de placas vermelhas e pruriginosas pelo corpo, tendo de ir tomar injeções de cortisona e adrenalina no pronto-socorro? Numa das crises tive, inclusive, edema de glote e corri risco de vida. Você, como sempre acontecia quando eu ficava doente, se desesperava e me levava ao hospital com um zelo admirável, além de me dar todos os remédios com uma pontualidade obsessiva e colocar compressas de gelo nas minhas pernas para aliviar os pruridos. Nessas horas, você era uma mãe exemplar. Chegou a me levar para consultas com um especialista em Belo Horizonte, preocupada com meus inchaços repentinos, que aconteciam, quase sempre, em dias comemorativos, como no aniversário de dez anos de meu irmão. Lembro que, horas antes da festa dele começar, meus lábios e meu rosto começaram a crescer, e fui parar no hospital, levada por papai, onde me aplicaram uma injeção de Fenergan, que me deixou completamente atordoada e delirante. Fui para a cama, mas não conseguia dormir, com uma sensação estranhíssima de estar fora do meu corpo, que perdurou até bem depois que a festa tinha começado. Ainda com o rosto meio inchado, fui obrigada a me vestir e ir até a sala, onde todos da família estavam à minha espera. Restou-me fingir que estava tudo bem. Tenho uma foto tirada nessa noite, em que apareço com o rosto enorme, me esforçando num sorriso pouco convincente, os cabelos cobrindo a face direita — a mais protuberante.

Às vezes, eu passava dois anos sem ter nada disso, mas de repente tudo voltava quando eu menos esperava. Já faz um bom tempo que não tenho surtos alérgicos, e fico me perguntando se, finalmente, fiquei livre desse pesadelo.

Se o seu leite foi o responsável pelas minhas alergias, pelo menos serviu para que eu ganhasse a boneca que me acompanhou por muitos anos, até eu ganhar minha primeira bicicleta de Natal. Não sei se você se lembra (os mortos podem se lembrar do que viveram?) da história desse presente. O ano exato não importa, mas acho que foi mesmo quando eu estava para fazer dez anos. Na época, eu costumava ir para a praça brincar depois da escola e fiz amizade com um dos meninos, o Betito — que todo mundo dizia ser o meu namorado, só porque ele me ensinou a andar de bicicleta e me deixava usar a dele para treinar. Aprendi tudo com muita facilidade e, tão logo me senti desenvolta como ciclista, pedi uma para papai, sem êxito, porque você disse que não podia, me proibindo também de andar nas bicicletas dos moleques da praça. Isso não me impediu, é claro, de continuar andando na bicicleta do Betito, que passou a pegar emprestada a do irmão para me fazer companhia nos passeios.

Já li o romance de um escritor atormentado que adoro, em que ele fala da admiração que sempre sentiu pelo que chamou de "a classe privilegiada dos ciclistas" e da alegria de pertencer a ela após ter aprendido a andar de bicicleta em tão pouco tempo, quando criança. Eu me sentia exatamente assim. Outro romance que se inicia com bicicletas é o de uma autora japonesa que conheci no ano passado. A personagem, que não é humana, faz uma intervenção num congresso sobre a importância das bicicletas para a economia. Concordo inteiramente com ela, quando diz que a bicicleta é *a maior invenção da história da civilização*. Também espero que, se houver futuro para a humanidade que não seja o da sua própria extinção, as bicicletas tomem, soberanas, as ruas do mundo.

Mas voltando à minha história com Betito — aquele adorável moleque de lábios finos e cabelos fartos —, foi numa manhã de sábado que pegamos as bicicletas e fomos descer a ladeira que levava ao córrego das Almas, que ficava a poucos quilômetros da praça. Nessa ladeira, muitos meninos desciam com as suas ou com carrinhos de rolimã. Costumávamos ir lá de vez em quando, e Betito sempre me advertia: *Você precisa ter coração forte, senão não dá conta de chegar lá embaixo.* Nesse dia, meu coração forte me traiu. Quase ao chegar à margem do córrego, perdi o controle do guidom e caí. Embora não tivesse sido nada muito grave, fiquei com os joelhos e cotovelos esfolados. A bicicleta ficou arruinada, para meu desconsolo. Quando voltei para casa, o sangue tinha escorrido pelos braços e canelas, eu mancava e chorava, acompanhada por Betito e mais dois meninos.

Você, quando me viu e soube do acidente, em vez de me consolar e cuidar de minhas feridas, pegou o chinelo e me bateu, deixando-me ainda mais machucada e desolada. Quando papai apareceu, você fez um relato cruel sobre a minha desdita, me acusando de ter me envolvido com os pirralhos da praça e, por isso, ter plenamente merecido o que tinha acontecido comigo. Foi, então, que ele a convenceu de que uma bicicleta só minha, adequada a uma menina de minha idade, poderia ser uma saída para a minha rebeldia e para casos como o que tinha acontecido. Isso garantiu, de maneira irreversível, o meu tão sonhado presente.

Ao ver, no meu quarto, ao lado de meus sapatos dispostos no chão, a Caloi azul, fiquei tão esfuziante que nem vi o outro pequeno embrulho que tinha sido deixado sobre meus chinelos na noite de Natal. Levantei-me com um pulo, mal me contendo dentro de mim mesma, e não desgrudei, ao longo de todo o dia, da primeira das muitas bicicletas que eu teria na vida.

Alguns acontecimentos especiais de minha história, como o primeiro beijo na boca, estão ligados a elas. Eu estava com Rodrigo — tínhamos, dias antes, começado um namorico — pedalando pela cidade, quando fomos surpreendidos por uma chuva forte. Paramos na esquina mais próxima, abrigando-nos sob uma marquise. Molhados e felizes, nos abraçamos em busca de proteção recíproca, e nesse abraço de corpo inteiro veio um beijo longo e macio, que me deixou com as pernas bambas e o coração aos solavancos. Pedalar juntos sob a chuva intensa foi nossa maneira de comemorar o início efetivo do nosso namoro, que duraria quatro anos.

Como ocorria quase sempre quando me entusiasmava por algo, comecei, desde esse dia, a vasculhar as enciclopédias do colégio para conhecer um pouco sobre a história das bicicletas. Li que Leonardo da Vinci foi quem fez o primeiro projeto desse mecanismo de transporte com um desenho. Mas as primeiras, ainda muito longe de serem o que seriam, só apareceram no final do século XVIII, quando um conde francês inventou um veículo de duas rodas ligadas por uma ponte de madeira e impulsionadas pelo movimento alternado dos pés sobre o chão. Décadas depois, criaram o pedal velocípede, possibilitando o surgimento da primeira bicicleta de verdade. Porém, foi só no final do século XIX, com a invenção do pneu, que a bicicleta se afirmou enquanto tal, tornando-se o primeiro veículo mecânico para o transporte individual. Os dicionários modernos a definem como um veículo composto de um conjunto de tubos assentado sobre duas rodas iguais, alinhadas uma atrás da outra e com raios metálicos, sendo a da frente comandada por um guidom e a de trás, ligada a um sistema de pedais que atua sobre uma corrente. Hoje em dia, muita gente tem mania de chamá-la de bike. E há os que gostam dela fixa, sem rodas, numa sala de academia. Para mim, ela sempre foi um meio de transporte para a liberdade.

Ao ganhar minha primeira bicicleta como presente de Natal, eu já tinha me esquecido do episódio do leite e já não me importava tanto com a boneca enorme que ganhara de minha tia. Intimamente, sentia que me tornara outra pessoa, uma pessoa capaz de enfrentar todos os riscos e qualquer insensatez.

Só voltei a ouvir cobranças sobre o leite muitos anos depois, quando fui visitá-la em Terra Verde e você voltou a tocar no assunto dos seus peitos murchos, quase encostando o cigarro aceso que tinha entre os dedos no meu rosto. Acusou-me, mais uma vez, de tê-los destruído. Como eu já estava em uma melhor situação financeira, lhe ofereci uma cirurgia plástica como presente de aniversário para ficar livre dessa história de uma vez por todas. Você não aceitou. Falou que não tinha coragem de se submeter a uma cirurgia como aquela, que tinha medo de morrer e preferia conviver com os peitos caídos. Então, pedi que nunca mais tocasse naquele assunto do leite comigo. Você concordou, mas não cumpriu sua promessa.

No dia em que me casei com Pedro, você usou um vestido decotado durante a cerimônia, mas fez questão de me dizer que estava vestindo um sutiã reforçado, que simulava a firmeza dos seios e disfarçava qualquer flacidez. Seus olhos, no instante em que me contou isso, tinham um brilho irônico, para não dizer ressentido. Aí entendi que você nunca me perdoaria pelo que não fiz, ou fiz sem saber que o fazia.

Esse é um dos motivos que me dão a sensação de que há sempre um limite, um fio tênue mas resistente que não consigo ultrapassar quando penso em você e na nossa história.

6.
Sapatilhas e vidros de remédio

Nestes dias de peste, pareço viver cada vez mais de forma intermitente: os dias, as semanas e as horas somem, e assim já não tenho mais noção precisa do tempo que me envolve. Para complicar, depois da meia-noite as verdades perniciosas costumam tomar de assalto o meu sono. É previsível que amanhã eu me levante, sem ter dormido, com os cabelos desgrenhados, as pálpebras salientes e um vinco indisfarçável na testa, tentando me convencer de que ainda tenho futuro, de que é possível ter minha vida de volta. Como neutralizar as lembranças nefastas e os sentimentos adversos que me levam a escrever isto que escrevo a você?

Juro que gostaria de estar, agora, escrevendo uma carta para lhe agradecer por tudo: pelo leite, pela preocupação com minha saúde, pela generosidade em me dar um enxoval de casamento (mesmo que depois fosse me cobrar por ele), pela camisola de seda bordada que você usara na sua lua de mel e me ofereceu para que eu usasse na minha, mas não usei, pelos carinhos súbitos e provisórios, pela sua cumplicidade quando comecei a namorar Rodrigo, apesar da resistência de papai ao namoro porque eu era nova demais.

Quando me apaixonei por aquele moço moreno e bonito, que tocava violão, jogava vôlei e dançava maravilhosamente, eu tinha acabado de completar catorze anos. Você, que também se encantou por ele, me deu um apoio que eu não esperava e nos protegeu com afinco dos ciúmes de papai. Talvez tenha sido esse o período de minha vida em que mais confiei em você, apesar de tudo o que tinha feito comigo antes, das intromissões indevidas que passou a fazer no meu relacionamento com meu namorado e de sua vigilância indiscreta quando eu estava sozinha com ele.

Quantas vezes eu a vi olhando pelas frestas da janela quando eu chegava em casa com Rodrigo e ficava com ele no corredor que dava acesso à porta dos fundos, por onde eu costumava entrar depois de nos esfregarmos até desfalecermos nos braços um do outro, nos amparando no muro para não cairmos? Por incrível que pareça, seu olhar nunca me inibiu, ou melhor, seu olhar sempre me estimulou a ir mais longe com ele nos jogos do corpo.

Não faz muitos meses, Raquel comentou que Rodrigo tinha sido o objeto de desejo de todas as mulheres de nossa família, incluindo você. Terá sido mesmo? Fui tão ingênua a ponto de não perceber essa atração que ele provocava? Talvez isso explique seus excessos de amabilidade a ele dispensados, os convites frequentes que lhe fazia para almoçar e jantar conosco quando papai não estava em casa, os presentes que comprava para eu dar a ele em dias especiais. Ao longo dos quase quatro anos em que me relacionei com ele, você agiu assim. Tia Emília também o afagava muito. Incrível como, depois que ele foi estudar no exterior e eu me apaixonei por outro, toda essa cumplicidade se dissipou e você passou a agir novamente como a minha inimiga de sempre, disposta a me humilhar por qualquer motivo, embora a todo momento dissesse que tudo o que fazia contra mim era pelo meu bem.

Lembro que Rodrigo dançava quase tão bem quanto papai. Com ele, eu me balançava ao ritmo de qualquer música. Adorávamos, sobretudo, repetir as coreografias de John Travolta que víamos nos filmes da moda, e chegamos a ganhar um troféu, acho que em 1978, no concurso que o clube promovia todo ano.

Isso, antes de eu me tornar militante do movimento estudantil, criar um jornalzinho no colégio, ler Marx e, para sua perplexidade, parar de frequentar os bailes "burgueses" da cidade. Continuei a dançar com Rodrigo nas festinhas reservadas dos amigos, ou em casa mesmo, quando não havia ninguém por perto.

A dança nunca deixou de ser uma paixão em minha vida, desde criança. Pena você não ter me deixado continuar com as aulas de balé clássico que, por volta dos onze anos, comecei a frequentar com Raquel, quando apareceu a primeira escola de dança na cidade, dirigida por uma bailarina nossa conterrânea que, após morar anos em São Paulo, voltou para tomar conta dos pais doentes em Terra Verde e resolveu dar aulas para amenizar o tédio. A sua justificativa para a proibição foi inacreditável: em suas palavras, eu *estava virando uma tábua*, de tão magra, e ficar *arreganhando as pernas* abriria e relaxaria minha pelve. *Homem nenhum vai te querer*, completou, antes de confiscar minhas sapatilhas e determinar que eu não iria mais àquelas aulas inúteis.

Sei que a professora a procurou, falando do meu talento para a dança e dos progressos que eu tinha feito nos meses em que me dedicara às aulas. Porém, você não se convenceu, por estar convicta de que ser bailarina destruiria minha vida como mulher. Francamente, não sei de onde você tirou essa história, nem qual importância dava, de fato, ao meu futuro amoroso, sexual. Raquel continuou com as aulas, tornou-se bailarina profissional em São Paulo, fez até estágio na Alemanha, e hoje é dona de uma conhecida escola de dança. Sempre morri de inveja desse sucesso, apesar de ela ser a melhor amiga que já tive na vida e eu lhe desejar todas as alegrias do mundo. Foi por meio dela, inclusive, que conheci o trabalho de uma bailarina alemã chamada Pina Bausch, que aconselhou a uma de suas alunas mais promissoras: *Você precisa ser mais louca*. Vi essa cena num filme sobre ela. E é isso mesmo, a dança visceral não pode acontecer sem uma dose de loucura, uma certa desmesura da alma, aliadas ao rigor dos músculos e à leveza dos gestos, pois, como me ensinou Raquel, na dança o corpo precisa exercitar todas as suas partes, incluindo as de dentro.

A minha indignação por você ter dado sumiço nas minhas sapatilhas, potencializada pelo suporte sempre afável das freiras do colégio, me levou a um ato radical. À noite, cheguei ao seu quarto e disse que não queria homem nenhum na minha vida, por isso não via problema em virar uma tábua. Ganhei um tapa forte no braço e, com o rosto encolhido, gritei: *Já que não posso fazer balé, vou para o convento!* Você começou a rir, quase gargalhando, soltando baforadas do cigarro, e disse que nenhuma mulher da família servia para isso. *Nós temos fogo no rabo, Ana Lu-iza*, completou. Depois me chamou de *brasa coberta de cinza* e falou que eu gostava de me fingir de santa para conseguir o que queria das pessoas, principalmente do meu pai, e que as freiras só me levariam para o convento se passassem por cima do seu cadáver.

Não fui para o convento, não levei adiante as aulas de balé, continuei inseguramente com minhas atividades de ginástica olímpica, mas logo depois, por volta dos doze anos, fui levada à força para morar em Uberaba, privada da convivência com meu pai e com as pessoas que realmente importavam. Além disso, ao contrário dos seus prognósticos, um lindo rapaz se apaixonou por mim poucos anos depois.

Tentei retomar as aulas de balé assim que vim estudar em Belo Horizonte, mas o dinheiro não era suficiente para pagar as mensalidades. Papai me enviava uma mesada que dava para pagar minha parte do aluguel da república e outras despesas de moradia e alimentação, além de me permitir, ainda, comprar coisas necessárias ao meu dia a dia e arcar com o transporte para o campus. Às vezes, eu ganhava carona de volta e economizava um pouco. Depois, passei a pegar carona de ida, na avenida

Afonso Pena, influenciada por dois de meus colegas, aos quais me juntei. Isso me permitiu guardar dinheiro para comprar os livros que eu não encontrava na biblioteca da faculdade. Não tinha coragem de pedir mais dinheiro a meu pai, que já fazia o possível para bancar meus estudos de forma digna. Na época, novamente separada dele — e dessa vez para valer, embora papai nunca a tenha deixado de fato —, você acabou por vender parte da fazenda que ele ainda administrava, obrigando-o a retomar o trabalho como sapateiro para completar o orçamento. Aliás, quando suas heranças começaram a minguar irreversivelmente, você começou a vender todos os seus imóveis, até a maior parte do nosso imenso quintal deixou de ser nossa após ter sido vendida para aquele vizinho do lado, a quem você passou também a pedir dinheiro emprestado, assinando notas promissórias indiscriminadamente. Mas deixemos isso pra lá.

Ao pôr o ponto-final no parágrafo acima, tive de interromper a escrita para ir à cozinha tomar a segunda dose do dia de um remédio para ansiedade, que me foi receitado por uma médica homeopata. Ao pegar o vidro para pingar as gotas no copo, e impregnada de mil lembranças descontínuas daquele tempo em Terra Verde, me veio a de minha coleção de vidrinhos da infância, os vidrinhos que passaram a fazer parte de minha vida, ocupando o lugar das frutas do quintal. Hoje em dia, os vidros não são tão usados para os remédios como naquela época, quando os comprimidos e os líquidos sempre vinham em frascos quebráveis, de diferentes tamanhos e formas, usados posteriormente por muita gente para guardar coisinhas, como pregos, alfinetes, bolinhas de algodão, botões, grampos, brincos, missangas.

Meu primeiro encontro com os vidrinhos aconteceu logo depois que comecei a ir para a escola primária, aos sete anos. Sempre que a aula terminava, meu desejo era ensinar a alguém tudo o que havia aprendido com a professora. Cheguei a pensar nas goiabas, que davam com maior frequência que as mangas, mas eu queria ouvintes que pudessem estar por perto quando estivesse sozinha no meu quarto. Não sei por quê, achei que os botões das roupas seriam adequados para isso. Comecei, então, a arrancá-los dos vestidos, blusas e calças que encontrava nos guarda-roupas, escondendo-os numa caixa de sapatos.

Tão logo juntei um número suficiente, montei um pequeno grupo de "alunos" a quem eu poderia, finalmente, ensinar as coisas que aprendia com a professora. Fui repreendida de forma enérgica por você e proibida de continuar arrancando os botões das roupas. Confiscados de minha coleção, os botões voltaram à sua função anterior, e tive de pensar em alternativas. A ideia de usar, como alunos, os vidros vazios de remédio que, graças à sua hipocondria, se acumulavam nas gavetas do seu quarto e nas prateleiras do armário do banheiro foi de tia Emília. E, assim, consegui recompor minha turma de alunos. Verdes, marrons, transparentes, grandes e pequenos, largos e estreitos, eles faziam jus à variedade de tipos físicos de uma turma de verdade. Dei, para cada um, um nome. Havia os inteligentes, os custosos, os curiosos e os que não gostavam de aprender. Ficavam dentro de um caixote, que eu escondia debaixo da cama. Aos poucos, fui transferindo para eles o papel de ouvintes das histórias que eu inventava antes de dormir. Não estou certa de que você saiba desses detalhes, mas provavelmente ainda se lembra da minha coleção de vidros.

Não faz muito tempo, fui ao salão de beleza fazer as unhas, e essa história retornou de um jeito engraçado. Nesse dia, a manicure — ainda ocupada com uma cliente que atrasara — sugeriu-me que fosse escolhendo o esmalte enquanto ela terminava o trabalho. Fui, assim, até o fundo do salão, onde os vidros, arranjados segundo as cores, ocupavam três grandes prateleiras dispostas na parede, e comecei a reparar na interessante combinação de nomes e matizes dos esmaltes: Allure, Absinto, Besouro, Canoa, Epopeia, Tufão, Arranha-Céu, Serenata,

Musicais, Poema, Licor, Blitz, Azulejo Português, Objetos, Espelho, Nomes Próprios, Toque de Ira, Gaivota, Filmes, Viúva Negra, Nariz de Palhaço etc. Foi nessa hora, perdida em devaneios, que comecei a pensar nos meus alunos vidrinhos. Até que a manicure tocou meu ombro e me perguntou se eu já tinha escolhido o esmalte, pois ela já estava disponível. No susto, respondi num relance: *O Ferrugem*. E ela, rindo de meu sobressalto, disse: *Esse não tem. Não serve o Fagulha?* Acabei escolhendo o Nariz de Palhaço.

Se lhe conto essas coisas, é para trazer um pouco de leveza para esta carta que não é bem uma carta e para aliviar o incômodo que ela está me causando. Agora que a iniciei, preciso ir até o fim, custe o que custar. Para isso, entrego-me ao ritmo e às escolhas da memória, que filtra tudo de uma maneira inacreditável. Saiba que dentro de mim existe uma gaveta cheia de restos deixados pelo nosso desconjuntado convívio. O problema é que, ao recolhê-los, as coisas que se impõem com mais força são as que eu preferia ter rasurado de nossa história.

Juro que não queria falar do confisco das sapatilhas, da sua hipocondria, que possibilitou minha coleção de vidros, do desprezo que você tinha pela minha magreza e pelas minhas pernas finas, das palavras terríveis que me lançava quando suas chineladas no meu corpo não surtiam efeito nenhum. No entanto, essas coisas ainda importam, como se vê. Como importam outras, menos duras, que me vêm quando me lembro de suas risadas diante de alguma obscenidade, ou de seus olhos verdes suplicando por perdão nas horas em que queria ser uma boa mãe para a filha que não amava, mas tentava amar na medida do possível, chegando a se iludir com esse suposto amor. Se essas coisas não importassem, ficariam, sem ênfase, no seu estado de tristeza.

Na última vez que a visitei em Terra Verde, acho que dois anos antes de sua morte, houve um instante em que você, depois do almoço, disse que me amava tanto quanto amava meu irmão, mas que, para o seu desgosto, eu nunca tinha acreditado nisso. E logo passou a me elogiar, sem, contudo, deixar de dizer que Rubinho tinha realizado o seu sonho ao se tornar médico, profissão que você tinha sugerido que eu seguisse para honrar a linhagem de médicos e farmacêuticos da sua família, mas eu não quis. Era sempre assim: as palavras de afeto se perdiam ou viravam pelo avesso tão logo me eram proferidas.

Aliás, há muito tempo não vejo Rubens. A última vez foi quando você fez setenta anos, e ele, residente no Rio de Janeiro, apareceu, todo elegante, acompanhado do belo e charmoso fotógrafo com quem dividia o apartamento. Tratou-me com uma polidez pouco fraterna, insinuou que eu estava envelhecida e gabou-se por ter conseguido montar uma clínica de dermatologia estética com dois colegas médicos. Não tive assunto nem disposição para conversar com ele. Mesmo porque ele não desgrudava de você e do amigo, que também a enchia de beijos. Depois dessa data, ainda trocamos umas poucas mensagens, mas sem nenhuma demonstração mútua de intimidade. Só voltei a falar com ele quando recebi aquele telefonema fatídico no dia em que você morreu. Lamento que Rubens e eu tenhamos nos afastado tanto um do outro. A sensação que tenho é de que fomos nos retirando aos poucos, e em silêncio.

O seu inventário foi todo resolvido por telefone e procuradores. Como se tratava apenas da casa de Terra Verde onde você morava, e eu não a queria, em respeito a tudo o que você nunca quis me dar ao receber as heranças de seus parentes quando eu mais precisava de sua ajuda, simplesmente comuniquei a Rubens, por e-mail, que renunciaria à casa e ele podia tomar todas as providências jurídicas para isso. O que foi feito com agilidade e sem qualquer tentativa de me convencer a ficar com o que me cabia por direito. Chegamos a nos falar duas vezes por telefone antes de darmos andamento ao processo e tratarmos da divisão dos encargos decorrentes da demissão da empregada e das duas cuidadoras que a acompanharam nos últimos anos. Os seus objetos pessoais ficaram com ele, pois preferi abrir mão de todos. Só recebi, pelo correio, quando menos esperava, um caixote de papelão com fotos minhas e uma dezena de objetos, entre eles, alguns que lhe dei. Nunca compreendi o porquê da devolução de meus presentes, nem procurei sondar o motivo. Eles continuam no mesmo caixote na parte de cima de um dos armários de meu quarto. Ficarão lá, como relíquias ou sobras de um passado impreciso, do qual quero me livrar.

Meus olhos agora se voltam para a estante à minha frente, onde vejo, além de livros, alguns objetos que não têm nada a ver com os presentes guardados: uma caneca decorada com a imagem de uma galinha-d'angola, um pote verde cheio de canetas e lapiseiras, algumas miniaturas de bichos em cerâmica e madeira, cadernos empilhados, pequenas lamparinas, pedras, um prendedor de cabelos, diversos porta-retratos, papéis soltos, uma caixinha de balas de absinto, uma imagem de Buda, uma estatueta de santa Teresa d'Ávila, um roteador, um incensório, duas caixas de som, uma ampulheta e uma coruja de pelúcia.

Ao me deter em uma coisa e outra, percebo o quanto elas dizem de minha intimidade que você nunca conheceu.

7.
Os nomes e o fórceps

Às vezes penso, com sentimentos contraditórios, em vó Luiza. Tinha lá as suas ruindades, mas reconheço que ela acabou por me conquistar com sua inteligência e bom humor, depois de eu ter superado aquela fase de achar que ela era uma bruxa por ter me humilhado quando eu era ainda muito pequena, por causa de minha origem paterna, e ter me depreciado tanto quando sua outra neta, Estela, um ano mais nova que eu, nasceu. Vovó gostava mais de você do que de tia Emília, mas elegeu Estela como contraponto a mim só porque ela, além de loira, era filha de um engenheiro.

No entanto, tão logo percebeu que eu herdara seu gosto pelos livros, ela — uma professora respeitada na cidade — passou a me considerar digna de afeto, chegando mesmo a me eleger, mais tarde, como sua neta preferida. Ainda guardo, com cuidado, o manuscrito que ela me deu poucos anos antes de morrer, no qual contou sua história de amor com meu avô. Você não soube disso porque ela me pediu para não mostrar a ninguém. É um relato bem escrito e cheio de metáforas, centrado nos primeiros anos da convivência dos dois. Ela possuía, de fato, talento para a escrita. E não só. Construía os mais belos presépios da cidade, lembra disso?, graças à sua habilidade com as mãos e seu senso estético aguçado. Era um prazer vê-la se preparar o ano inteiro para, em dezembro, montar um presépio totalmente diferente dos anteriores, sempre com muita arte. Ela gostava de fazer tudo sozinha, usando papelão, grude, tintas, bonequinhos de pano ou de plástico, que vestia com tecidos bordados e brilhantes. As estrelas eram feitas de cartolina e cobertas de purpurina; as flores e plantas, de papel colorido. Os animais eram fabricados artesanalmente com madeira, pano e algodão; e os anjos de palha tinham asas com penugens de verdade.

Fico feliz por ter conseguido ter uma boa convivência com ela e por ter aprendido tanto com seus talentos. Você a adorava, não é? Não à toa, ficou tão brava quando papai, por distração, trocou o "z" do nome dela por "s" ao me registrar no cartório dias depois do meu nascimento. Essa troca, ou melhor, o problema que ela trouxe para minha vida, até hoje me afeta. Oficialmente, sou Ana Luísa, mas fui convencida por você a escrever sempre Luiza, que era o nome que queria para mim. Se adotei o "z", o "s" me persegue até hoje, sobretudo nas situações burocráticas. Às vezes, quando me perguntam por que uso o "z", brinco que quis homenagear também tia Zenóbia, minha segunda mãe, o que não deixa de ser uma justificativa consistente.

Quando nasci, você não tinha dúvidas quanto ao nome que queria me dar. Se os nomes são formulários em branco a serem preenchidos pelas pessoas que os recebem, o nome Luiza com "z" vinha, de certa forma, já preenchido pela minha avó. O "s" abriu uma brecha para outra coisa, e a associação do nome da sua mãe com o nome Ana, da mãe de papai, instaurou um paradoxo na minha história: como conciliar, num mesmo formulário, duas vidas tão distintas uma da outra? Vó Ana tinha uma sabedoria intrínseca, nunca frequentou a escola e mal sabia assinar o próprio nome. Cozinhava como ninguém e sabia benzer com as brasas do fogão a lenha. Tinha a pele morena-escura e não se preocupava com os espelhos. Já vó Luiza, tudo o que sabia aprendeu nos livros. Detestava a cozinha, não era muito de rezas, embora soubesse construir lindos presépios. Era clara, de olhos verdes, como você, e sempre preocupada com a própria beleza. Ana era dotada de uma calma quase mística; Luiza, sempre ansiosa, caminhava como se corresse, com passos curtos e ritmados. Uma dormia cedo e se levantava alegre, antes das seis horas. A outra dormia tarde e só saía da cama de cara amarrada. Se uma gostava de plantas e bichos, a outra apreciava perfumes e joias. Acho que preenchi meu formulário com a soma e a subtração, ao mesmo tempo, das duas.

Talvez a ênfase dada por você às sílabas do meu segundo nome, registrado oficialmente como Luísa, com um especial realce na última, tenha sido para sobrepor o "z" ao "s", embora — na sílaba em questão — tivessem o mesmo som. Mas o "z" é mais forte enquanto letra, tem um som elétrico, um zumbido que se torna estridente dependendo de quem o pronuncia, e para quê. Ouvir o meu segundo nome na sua voz era ouvir essa estridência.

Você me contou várias vezes que a história do meu nome só não foi mais interessante que a aventura do meu nascimento. Ainda retenho na memória suas palavras: *Eu era uma menina de dezessete anos, não tinha ainda corpo para ter filhos, por isso você teve que ser arrancada antes do tempo, a fórceps; eu não aguentava mais o seu peso dentro de mim.* Papai também me contou que nasci roxa, com a cabeça machucada por causa do fórceps, tendo de ser levada às pressas para o balão de oxigênio. Você, que queria um menino, se deu conta, naquela hora, de que não tinha valido a pena tanto sofrimento, e adoeceu. Quando me viu pela primeira vez, me achou *feia de doer* e se recusou a me tomar nos braços. Depois, caiu numa tristeza sem tamanho. Em seguida, como me contou, teve seu primeiro surto. Foi só ao voltar para casa, já recuperada, que me pegou no colo pela primeira vez, estimulada por tia Zenóbia, que, até aquele momento, tinha cuidado de mim em sua ausência, com papai, que, atordoado pelo que tinha acontecido com você e comigo, não sabia o que fazer. Pode ser que esse atordoamento explique o erro no ato de me registrar no cartório. Ou não.

Aos poucos, você me aceitou como filha e me ofereceu o seu leite. Demorei a ganhar corpo, pois tinha nascido muito miudinha e frágil. Naquela época, vó Luiza ainda morava na outra metade de nossa casa e, mesmo contrariada (pelo que você mesma me contou tempos depois), ajudou você a tomar conta de mim, com tia Zenóbia. A contrariedade dela teria sido pelo fato de eu ser muito chorona. *Você chorava o dia inteiro, deixava todo mundo louco*, você repetia sempre que falava de meus primeiros meses de vida. Que choro era aquele, ninguém podia explicar. Provavelmente, era porque eu não queria ter nascido.

Por muito tempo, a palavra "fórceps" me intrigou, pois as pessoas a usavam para falar do meu nascimento, mas não davam os detalhes. Quando eu já estava na escola, perguntei à minha professora, e ela desconversou após dizer laconicamente que era uma pinça grande para pegar algo, estimulando ainda mais a minha curiosidade. Recorri, muitos anos mais tarde, aos dicionários para descobrir exatamente o que era. A primeira descoberta curiosa, e que ainda me diverte, foi que a palavra era usada no latim para designar os "braços dos caranguejos" e os "cornos das formigas".

No *Houaiss*, encontrei dois significados, um relacionado à obstetrícia e outro à odontologia: "1. instrumento cirúrgico de dois ramos articulados, para apreensão, compressão ou tração, esp. o que é empr. para a extração de fetos do útero; fórcipe, tenaz, pinça. 2. tipo de tenaz de longos braços de alavanca e hastes curtas, us. para extrações dentárias e cirurgias ósseas; boticão". Já no *Aurélio*, deparei com dois sentidos. O primeiro me causou um mal-estar: "1. Tenaz ou pinça cirúrgica para de um corpo extrair corpos estranhos". Será que eu era considerada um corpo estranho a ser extraído com tal pinça? Já o segundo, mais direto, traz em seguida uma citação tirada de um livro, que também me incomodou: "2. Instrumento que se usa para extrair do útero a criança: 'Nascera de oito meses, coisa rara. O fórceps teve de ser aplicado pela mão semibruta do Dr. Rufino'". Sim, eu nascera de oito meses, coisa rara, e o fórceps teve de ser aplicado pela mão semibruta do dr. Jurandir, que, segundo você, nem obstetra era, pois em Terra Verde, naquele tempo, ainda não havia médicos com essa especialidade. Os partos eram feitos por clínicos gerais, geralmente com a presença de uma parteira.

Gostei quando você me contou que a mulher que acompanhou seu médico era uma freira experiente nesse ramo de partos e que, ao me ver, tomou todas as providências para que eu sobrevivesse, não sem fazer uma observação que você me contava inúmeras vezes quando queria ficar bem comigo: *Essa menina vai viver, ela nasceu com uma estrela na testa e ainda vai te dar muito orgulho*. Você me trouxe essa lembrança no último encontro que tivemos. Você estava se recuperando de um problema na coluna, sentada numa poltrona, com os olhos verdes luminosos, um cigarro entre os dedos e algumas demonstrações de alegria pela minha presença. Ainda perguntou por que eu tinha ido para ficar só três dias, dizendo que me queria para sempre junto de você, que eu era sua filha adorada, que lhe dava tanta satisfação com meu trabalho como bióloga. Contou-me que tia Zenóbia, quando mandava cartas, elogiava minha carreira como pesquisadora, o que lhe era motivo de muita alegria. No dia seguinte, porém, você começou a me fazer cobranças em relação à minha pouca disponibilidade para visitá-la, a reclamar da falta de dinheiro, a me pedir que pagasse a conta da farmácia onde você costumava comprar fiado, a dizer que precisava de novos vestidos para ir aos médicos, a falar mal de tia Zenóbia, de tia Emília e de minhas primas, a reavivar os elogios ao meu irmão.

Por falar em cartas de tia Zenóbia, ela me escreveu uma imediatamente após sua morte. Eu tinha programado uma visita a ela em Sintra, logo depois do congresso na Dinamarca, e ela, tanto quanto eu mais tarde, lamentou não ter podido vir ao Brasil para o funeral por uma série de motivos. Na carta, explicou: além dos problemas da idade, *estou com quase noventa anos*, contou que tio Amâncio fraturara a perna fazia dois meses e ainda dependia dos seus cuidados. Respondi que estava programando visitá-la em maio de 2020, para comemorar seu nonagésimo aniversário, sem imaginar que um vírus mudaria o curso das coisas no mundo, dois meses antes da comemoração.

Quando decidi viajar para a Inglaterra em janeiro, quis vê-la em Portugal, mas soube que ela havia ido com o marido para uma quinta dos sobrinhos no Alentejo. Certamente teria sido um alento estar com ela naqueles meus dias de exílio voluntário. Ninguém me conhece melhor do que tia Zenóbia, e sempre aprendo um pouco mais sobre mim quando conversamos. Muitas de suas frases são antológicas. Um dia me disse, enquanto preparava uma salada de frutas para nós: *A sabedoria deve acolher um pouco da loucura da razão e se deixar atravessar por suas forças vivas e secretas*. Em outra ocasião, ao falarmos sobre verdades e mentiras, ela foi incisiva: *A verdade está na consistência*.

Na carta que me escreveu no finalzinho de 2019, ela me aconselhou: *Conte a si mesma a história de sua mãe, de forma a entendê-la melhor e se livrar dos sentimentos perniciosos que ela ainda provoca em você*. Depois passou a falar de velhice, da velhice dela e da de tio Amâncio, acrescentando que, apesar dos achaques da idade, concordava com estes versos de Borges: "A velhice (este é o nome que os outros lhe dão)/ pode ser o tempo de nossa felicidade". Não sem uma pitada de ironia. Quanto ao conselho, não sei por que adiei tanto tempo a escrita dessa história que conto a mim mesma ao lhe escrever esta carta que, logo na primeira página, deixou de ser uma carta para ser outra coisa.

Ao mencionar o fórceps, me veio também a memória de quando Pedro e eu nos separamos. Eu já tinha quase quarenta anos quando ele insistiu, como última tentativa, em ter um filho comigo e eu não quis. Desde o início do nosso relacionamento, quando fiquei grávida e tive aquele aborto espontâneo na noite em que vó Luiza morreu, eu não quis mais ter filhos e deixei isso claro para ele. A maternidade, pela experiência que vivi com você, desde o meu nascimento, e com o bebê que minha avó levou com ela, se tornou para mim algo amedrontador. No início, Pedro acatou, mas, poucos anos depois, voltou atrás. Eu, convicta de minha decisão, fui inflexível, apesar de amá-lo e querer ficar com ele pelo resto de meus dias. Após a última tentativa, ele desistiu e disse que não queria mais continuar comigo. Acho que nunca lhe contei essa história antes. Ou contei?

Pelo menos ele conseguiu realizar seu projeto de ter filhos. É pai de gêmeos: uma menina e um menino, que já devem ter sete ou oito anos. Não chegou a se casar com a mãe deles, uma mulher quase quinze anos mais jovem que eu, com quem passou a morar num condomínio em Nova Lima. Digo que não foi fácil me separar de Pedro, mas não me arrependo de nada. Continuamos amigos, na medida do possível, e de vez em quando nos encontramos em alguma livraria, conversamos sobre livros, bebemos um café e falamos sobre coisas triviais. Sem impostura, sem rancor.

8.
Cabelos, piolhos e pentes-finos

Se já tive dó de sua loucura, agora sinto pena de sua infelicidade. Nunca conheci outra pessoa que alardeasse tanto a própria infelicidade quanto você, o que já me levou a pensar que esse talvez tenha sido seu maior prazer. Era como se o sofrimento que a tomava fosse a condição para que pudesse se manter viva. Não fosse ele, teria se matado, como sempre ameaçou fazer.

Você tentava materializar suas desditas (acho que, na maioria das vezes, imaginárias) até na maneira como passou a se vestir. Praticamente confinada em casa após a separação de papai, só saía para ir às consultas médicas ou fazer visitas esporádicas aos seus parentes próximos, e isso a levou ao desmazelo. Como era desagradável chegar à sua casa e encontrá-la andando de um lado para outro com um cigarro nas mãos, enfiada em um vestido largo e ensebado, com as costuras frouxas e pequenos rasgos sob as axilas. Sem trelas na língua, os palavrões se impunham quando você se indignava contra alguém ou algo. Dizia-se doente, sempre com alguma dor ou desarranjo corporal. Quando eu a via nesse estado, ficava em dúvida se era de fato uma doença ou uma chantagem. Mesmo os desmaios não eram lá muito convincentes, mas nos atormentavam a ponto de acreditarmos neles só para não sentirmos culpa por não termos acreditado. Acho que, para você, a vida não passava de uma doença crônica.

Sobretudo após a morte de papai, você se encerrou numa quase inexistência social, apesar de sua presença cada vez mais incômoda para os que faziam parte de sua história. Com o desaparecimento do homem da sua vida, mesmo que o tivesse sempre desprezado e humilhado, você passou a hostilizar com veemência as pessoas que ele amara. Se nós duas já vivíamos numa estreita desunião, sem a presença de papai acabamos por nos tornarmos ainda mais perigosas uma para a outra, mesmo morando em cidades diferentes. Com trinta e dois anos, já no fim do meu mestrado e com responsabilidade dobrada em relação a você e suas doenças, pois Rubens tinha se mudado de vez para o Rio de Janeiro, aumentei a frequência de minhas idas a Terra Verde para lhe dar atenção, embora soubesse que sempre havia muita gente ao seu redor. Foi naquelas idas e vindas que me deixavam zonza e, por vezes, doente, que tive certeza de que nunca a detestara tanto quanto depois que o nosso Vicente se foi.

Minhas crises de insônia começaram com a morte dele e nunca mais me deixaram. Se bem que, depois de me separar de Pedro, elas diminuíram bastante. Ainda me assaltam em períodos de tensão e ansiedade, como estes causados por uma pandemia que só piora. Pelo menos passei a tirar proveito das noites em claro, graças a tia Zenóbia, que, numa de suas vindas ao Brasil, me trouxe livros de um filósofo insone da Transilvânia, que escreveu muito sobre os poderes "terapêuticos" da insônia. Não à toa, ele se tornou literalmente meu filósofo de cabeceira, que eu procurava ler sempre de madrugada, não sem rir das suas frases e de mim mesma. Com ele aprendi que a insônia pode iluminar nossos impasses e nos conceder muito mais lucidez que os dias consumados no repouso.

Enquanto escrevo isto, um canário aparece no jardim diante do meu escritório. Ele pousa no galho da roseira e vai, ágil, até o chão pegar um pedaço de fruta que deve ter caído quando tomei meu café da manhã. Ele sempre me visita quando menos espero, com movimentos rápidos e, ao mesmo tempo, ressabiados. Hoje, porém, demonstra um pouco mais de confiança e já não se importa com minha movimentação. Talvez já tenha se acostumado com a humana solitária e aparentemente inofensiva que deixa no chão restos de comida para as aves intrusas como ele. Passo as mãos pelos cabelos, ajeitando algumas mechas atrás das orelhas. Meus fios continuam longos, pelo menos até um pouco abaixo dos ombros, acho que por influência de vovó Ana, que nunca cortava os cabelos, por acreditar que neles estava sua força. Já velhinha, mantinha-os compridos e presos num coque, às vezes sob um lenço, ao contrário de vó Luiza, que só usava os dela rentes à nuca, como você.

Acho que só tive cabelo acima dos ombros três vezes em minha vida. A última foi há mais ou menos dez anos, quando, num impulso (ou revolta) que até hoje não consigo entender, cortei os meus cachos com uma tesoura de cozinha. Claro que me arrependi, sobretudo porque eles demoraram a crescer de novo. A impaciência da espera foi angustiante, como nas duas outras vezes. Na segunda delas, foi logo que papai morreu. O mais curioso nesse caso é que só depois de finalmente conseguir fazer um rabo de cavalo, ainda que curto, a minha tristeza pela morte dele arrefeceu. Ou foi a tristeza que acabou porque o cabelo cresceu?

Já na primeira vez, tudo foi culpa daqueles malditos piolhos e lêndeas que infestaram minha cabeça, lembra? Como você só me deixava lavar os cabelos em semanas alternadas, com receio de que eu tivesse dor de ouvido, e na escola sempre havia crianças piolhentas, os insetos se multiplicaram na minha cabeça, deixando-me desesperada. Minha professora chegou a lhe mandar um bilhete dizendo que os piolhos estavam caindo nas folhas do meu caderno quando eu abaixava a cabeça para fazer meus exercícios em sala de aula. Os pentes-finos não adiantaram. Então, você cortou meu cabelo, encheu minha cabeça de vinagre de maçã com álcool, jogou por cima um inseticida chamado Neocid, que vinha numa latinha amarela, cobrindo tudo, em seguida, com um lenço branco. Tive de ficar com aquele formigueiro de piolhos na cabeça por dois dias, numa aflição só comparável à que eu tive no sonho com as baratas no quarto.

Quando finalmente lavei o cabelo, o cheiro de vinagre com veneno durou por um bom tempo. Com um pente-fino, Tonha removeu, de forma um tanto estabanada, os insetos que ainda ficaram entre os fios. Mas os piolhos voltaram semanas depois, e o jeito foi passar o pente-fino com frequência. O melhor de tudo isso foi poder lavar o cabelo quase todos os dias, algo que eu sempre desejara fazer. Outra coisa boa foi você colocar minha cabeça no seu colo de vez em quando para procurar lêndeas e puxá-las com as unhas.

Há poucos anos, li uma escritora que escreveu a biografia de seu próprio cabelo, começando por dizer que não deixa de ser uma futilidade intolerável escrever a biografia de um cabelo. Eu também poderia escrever a do meu, já que as futilidades deixam de ser fúteis ao se tornarem importantes. Mas, por enquanto, fico apenas com os três cortes e a história dos piolhos, esses insetos minúsculos, sem asas e de cor escura, que lembram as pulgas mas não pulam. Hoje sei que a ciência os chama de *Pediculus humanus capitis*, que se alimentam exclusivamente de sangue humano. O mais interessante é que botam lêndeas, das quais nascem ninfas. Isso mesmo: os filhotinhos dos piolhos se chamam ninfas. Saber dessas ninfas, que trocam de pele três vezes antes de se tornarem piolhos adultos, deu um ar poético a eles.

Quanto ao pente-fino, era um instrumento de primeira necessidade nas casas de todo mundo. Só na nossa havia pelo menos quatro. O que a Tonha usava para passar no meu cabelo era o que usava no dela e no da irmã, Fátima, que você também adotou, ou melhor, escravizou. As duas não se davam bem, e Tonha sempre batia na pobre coitada, reproduzindo na irmã caçula o que você fazia conosco. Talvez porque quisesse descontar em alguém a raiva que sentia de você, de nós.

Tenho quase certeza de que Tonha se casou com o primeiro que lhe apareceu só para ficar livre de nossa convivência. Lembro-me muito bem: ela, com pouco mais de dezessete anos, entrando na igreja, de véu e grinalda, um terço entre as mãos, os olhos úmidos, e festejando depois no salão de festas da paróquia. O noivo, feio e desengonçado, parecia mais feliz do que ela. Você ofereceu tudo aos dois: o vestido de noiva, o terno do noivo, as alianças, a festa. E ainda permitiu que eles morassem na casinha do bairro São Benedito, que ainda era propriedade sua. A mãe, o pai e quatro irmãos dela, que moravam na fazenda, viajaram até Terra Verde para a cerimônia. Fátima, que se casaria alguns anos mais tarde, continuou com você, assumindo as tarefas de Tonha. Nessa época, eu estava me preparando para o vestibular que faria em Belo Horizonte no final do ano.

Interessante que depois do casamento de Tonha passei a me relacionar melhor com ela. Eu a visitava de vez em quando e, a cada encontro, construíamos silenciosamente — cada uma ao seu modo — algo que poderia ser chamado de uma tênue amizade. Foi quando me dei conta do quanto ela havia sofrido em suas mãos, dos danos que os longos anos de servidão lhe tinham provocado. Creio que Tonha também percebeu que eu não era quem ela fora obrigada a achar que eu fosse. Essa tênue amizade, entretanto, foi se diluindo à medida que nos distanciamos: vim para Belo Horizonte e ela mudou-se com o marido para Várzea do Sono.

Sei que, depois do nascimento de seu único filho e do suicídio do marido, ela começou a trabalhar como faxineira em um hospital e retomou os estudos. Fátima deixou você e foi morar com ela, casando-se após pouco tempo com um homem de posses, com quem partiu para Goiânia, onde ele tinha uma loja de material de construção. Muitas reviravoltas, não?

Semanas depois de você morrer, recebi um telefonema de Tonha. Não nos falávamos havia mais de dez anos. Contou que estava morando em Vitória, tinha se formado em direito, atuava no escritório de uma firma especializada em questões trabalhistas e não tinha se casado de novo. O filho estava, segundo ela, no terceiro ano do curso de engenharia elétrica e namorava uma colega de faculdade. Manifestou pesar pela sua morte com as palavras *ela era uma verdadeira mãe para mim*, disse que esperou me ver no enterro, lamentou o motivo de minha ausência e acrescentou que um dia gostaria de se encontrar comigo. Menos falante do que ela, acabei por não lhe contar muito sobre minha vida. Ficamos de nos telefonar de novo, mas até hoje nenhuma ligou para a outra.

Pelo menos, tenho fotos dela no meu álbum de família e ainda guardo comigo aquele pente-fino infame que ela usava para arrancar de minha cabeça, com brutalidade, os piolhos e as lêndeas que infestaram minha infância.

9.
Coisas da fazenda

Num dos encontros que tive com Raquel depois de seu retorno da Alemanha, ouvi dela algo de que nunca me esqueci. Disse que o único meio de não se tornar muito infeliz consistia em não desejar ser muito feliz, por isso levava seus dias sem grandes ambições de felicidade. Talvez, por conta dessa convicção, sua vida tenha dado tão certo, e, pelo que eu saiba, ela nunca teve crises de depressão ou coisas do gênero. Não digo que não me esforcei para adotar esse lema de minha prima. Só que acabei fracassando. Eu tinha a ilusão de que a felicidade ainda fosse possível. Quem sabe na velhice, como tia Zenóbia sugeriu ao citar aquela frase de Borges, mesmo que na sua voz eu tenha percebido um quê de ironia?

Não sei por que escrevo sobre isso agora. Talvez pelo fato de estar me sentindo infeliz em meio a tantas notícias ruins que leio ou vejo todos os dias nos jornais. Pelo menos você se livrou da peste ao partir antes de ela começar, e não precisa ficar aterrorizada com as estatísticas de morte, com a falta de perspectiva e o descalabro que tomou conta deste país. Você não tem a mínima ideia do que se passa por aqui. Ou consegue ver daí, de onde está?

Estela foi uma das únicas pessoas da família que não me ligou ou escreveu para se manifestar sobre sua morte. Parece que até hoje ela me tem como sua inimiga íntima. E isso, desde que nasceu. Ou fui eu que a odiei primeiro, já que nasci pouco antes dela e, por anos e anos, todo mundo ficava comparando nós duas em tudo? Não escondo que eu admirava a coragem que ela tinha de falar o que bem pensava, sem medir as palavras. Era a única que, quando ia brincar conosco na praça, brigava com os meninos e chegava a bater nos que a provocavam. Todo mundo tinha medo dela. *Lá vem a onça-pintada*, diziam as meninas quando ela aparecia. Sobretudo depois que tia Emília se separou do marido e voltou de São Crispim da Moita para Terra Verde, Estela passou a infernizar nossas vidas. Queria mandar em mim, em Raquel e em todas as nossas amigas. E me chamava de "minhoca", lembra? Até barata morta ela pôs sobre o meu travesseiro para me provocar, por saber que eu tinha medo. Você sempre gostou dela, elogiava seu talento autoritário e sua inteligência prática, dizendo que *aquela vai se dar bem na vida*.

Raquel, há pouco tempo, me contou que Estela continua brava e mandona, trabalha como executiva numa empresa de mineração em Goiás e já está no terceiro casamento. Eu não tinha dúvidas de que ela seguiria uma carreira assim, embora você e tia Emília torcessem para que ela se tornasse médica. Não entendo essa sua obsessão por médicos. Talvez porque, em Terra Verde, naqueles tempos, ser médico era o suprassumo das profissões. Sei que você vivia se apaixonando pelos seus médicos, mesmo casada com papai. Será que chegou a ter um caso com algum deles? Ou tudo ficou apenas na imaginação?

Talvez Estela não tenha se manifestado por não acreditar que eu pudesse ter me abalado pela sua morte, já que sempre me acusou de não gostar de você e nunca levou em conta o meu lado na história. Fico aliviada por não ter tido que me encontrar com ela no seu enterro. Não digo que não a admiro, mesmo com meus senões. Ser afiada nas respostas, não engolir sapos, ter olhos de decisão, mentir com convicção, não ter qualquer tipo de pudor, tudo isso a torna apta para enfrentar, sem grandes abalos íntimos, o que chamamos de vida.

Na única vez que foi conosco para a fazenda que papai administrava, ela me ofendeu tanto que tive vontade de jogá-la no fundo da cisterna que havia logo atrás do chiqueiro, sobretudo quando ela disse que ia matar e comer o Zeca, meu porco de estimação. Teve ainda a empáfia de sugerir isso a você, que parece ter gostado da ideia, mas não a levou adiante porque papai não deixou. Zeca foi o bicho mais inteligente e amoroso que conheci na vida. Andava o tempo todo atrás de mim, pois quando eu ia para lá, papai o deixava solto para brincar comigo. Eu o conheci quando moramos por dois meses na fazenda, logo que você a herdou. Em pouco tempo, ele ficou imenso, e cada vez mais bonachão. Eu o lavava com uma mangueira, e ele, liso e rosado, os olhos vibrantes como se tivessem esperado muito por aquelas minúcias de alegria entre as pedras e as plantas, começava a correr de um lado para outro, até acomodar a cabeça no meu colo e me olhar com ternura. Lembra que, desde que ele apareceu na minha vida, parei definitivamente de comer carne suína? O Zeca desapareceu misteriosamente do chiqueiro, quando papai não estava lá, e nunca mais deu as caras. Essa perda súbita foi um dos acontecimentos infaustos de minha vida, uma perda que eu não conseguia entender como tinha acontecido. Como dizem, quando nada se sabe, tudo se imagina. Hoje prefiro não tentar imaginar o que fizeram com ele, e mantenho viva minha admiração, meu carinho pelos porcos. São mais inteligentes que muitos humanos que conheço, tão espertos quanto os cães e, como estes, exímios na arte de amar.

Até nisso você e eu éramos diferentes: você detestava peixe e adorava carne de porco; eu adoro peixe e tenho aversão a carne de porco. Mas você podia comer seus leitões assados, lombos com farofa, pernis, presuntos e linguiças à vontade, quando quisesse. Eu não. Eu não podia comer peixe em casa, porque todo mundo lá era proibido de comer qualquer tipo de animal aquático coberto de escamas, provido de nadadeiras e que respirasse por brânquias, simplesmente porque você tinha ojeriza a tudo o que viesse das águas, a tudo que recendesse a cheiro de mar ou rio. Como sempre, isso em mim teve um efeito contrário ao que você esperava: passei a cultivar pelos peixes um secreto interesse que, com o tempo, se tornou um fascínio.

Na fazenda, eu adorava ir para a beira do rio das Aves, só para observar os peixes esquivos, que não se deixavam capturar pelo olhar dos que se aproximavam do rio. Papai pescava alguns lá de vez em quando, enquanto eu, agachada ao lado dele, os contemplava com pena, ao mesmo tempo que me divertia com o movimento dos girinos e das piabas. Depois me deliciava com as peixadas, em especial quando vovó Ana, a melhor cozinheira do mundo, as preparava para nós em sua casa.

Um dia li num livro que o tempo na fazenda é o tempo das vastidões. E é mesmo. Ou era, pois as fazendas como aquela já quase não existem mais. A nossa era uma fazenda sem imponência nem espírito épico, de uma rusticidade quase lírica. A casa, velha e muito espaçosa, parecia um quadrado branco encardido, com portas e janelões marrons. Não retenho na memória os detalhes, só me vêm imagens diluídas de uma escada de cimento e corrimão de madeira crua, que levava à porta da sala onde havia bancos compridos, um suporte para chapéus, um estrado com almofadas recheadas de palha, sobre o piso de tábuas largas e cheias de frestas. Os quartos, amplos, eram desprovidos de luxos modernos e só tinham camas, mesas de cabeceira e guarda-roupas. No maior, duas camas juntas formavam uma de casal, encostada em uma penteadeira com espelho grande, no qual se via o reflexo das árvores que entrava pelo janelão. O guarda-roupa, do lado oposto, era sólido e tinha puxadores de argola enferrujados. Lembro-me da cozinha enorme, com fogão a lenha e uma pia generosa, a mesa retangular, as prateleiras abarrotadas de latas, garrafas, caixas, panelas, vasilhas de todo tipo. Num canto, as gamelas formavam uma pilha, rente a um pilão.

No fundo, a porta se abria para o terreiro, onde havia um grande forno de barro, ao lado de um monte de lenha. E latas, muitas latas, quase do meu tamanho, com tampa. Lá, os cachorros cochilavam, numa vigília preguiçosa. O galinheiro ficava sempre aberto, e as galinhas se misturavam aos cães e patos, num cacarejo feliz. O estábulo pequeno, com espaço apenas para dois ou três cavalos e os arreios, o curral, cheio de vacas leiteiras, e a pocilga não ficavam longe do terreiro.

Nas redondezas, a vegetação era ocre, empoeirada. Às vezes eu andava a esmo, chegando aos barrancos, alguns com aspecto quase agressivo. Ao longe, viam-se casinhas humildes e cercas, além da imensidão que sou incapaz de descrever aqui.

Você não gostava de ir conosco e só ia quando lhe dava na telha, provavelmente porque tínhamos vivido alguns meses lá, pouco depois que papai assumiu o posto de "fazendeiro" — profissão que ele nunca incorporou de fato —, e como você repetiu umas mil vezes, a vida rural não foi do seu agrado. Assim que voltamos para a cidade, passei a ir com papai de vez em quando, sobretudo se vovó Ana ou uma de minhas tias resolvia passar uns dias lá.

Alguns de meus momentos de maior prazer eram junto às vacas, bem de manhãzinha. Eu acompanhava papai e um primo dele, Almir, que lá morava e cuidava de tudo quando não havia outras pessoas da família por perto. Seus filhos, jovens vaqueiros, também trabalhavam com ele, enquanto a esposa, uma senhora versada em teares, ficava por conta da horta e do galinheiro. A ordenha era uma festa para os meus sentidos. O cheiro do curral, o leite quente caindo dentro da lata que ficava ao lado do banquinho onde se sentava meu pai ou tio Almir, a espuma do leite, o cheiro do leite, o sabor do leite que, numa caneca esmaltada, me era entregue para beber na hora, o olhar lânguido e compassivo das bovinas, como se em estado de prazer com aquele manuseio de suas tetas, tudo era um tempo de vastidão.

Papai contava também com alguns empregados, pequenos agricultores que ocupavam as tais casinhas espalhadas pelas cercanias. Com eles, plantava milho e feijão. Parece que era disso que papai mais gostava: calçar suas botas de cano alto, pôr o chapéu e ir a cavalo até as plantações, onde se encontrava com seus ajudantes e passava horas cuidando da lavoura. Às vezes voltava com sacos cheios de espigas de milho, que vovó, as outras mulheres e eu descascávamos para aquele maravilhoso ritual da preparação das pamonhas e do mingau. Todas descascávamos as espigas, reservando as palhas verdes numa lata e removendo delas o cabelo — que, só vim a saber muito mais tarde, tem o nome científico de *Stigma maydis* e uma importante função reprodutiva para a planta. As de braços mais fortes ralavam as espigas em gamelas e jogavam os sabugos num grande balaio. Depois coavam tudo numa peneira. Vó Ana era quem temperava a massa pastosa, enquanto alguma das ajudantes picava o queijo em pequenas fatias. Era necessário mexer tudo com destreza, até chegar ao ponto. Eu ficava observando aquilo, querendo aprender. E só voltava ao trabalho para ajudar a abrir as palhas e arrumá-las para que as mulheres as transformassem em recipientes dobráveis e as enchessem de massa e pedacinhos de queijo. Depois de enroladas, eram amarradas com tiras de pano e levadas para um caldeirão de água fervente, até ficarem cozidas. Era uma trabalheira danada, mas valia a pena.

As espigas que sobravam, levávamos para Terra Verde, e lá eram cozidas inteiras, ou partidas ao meio, em água e sal. Levávamos também sacos de feijão-roxinho que abasteciam nossos dias e duravam meses e meses em nossas casas. E ovos, muitos ovos, e mangas-espada, e jambos e cagaitas, e queijos. Ao lado do curral ficava a pequena queijaria, um espaço todo em madeira, com uma bancada e várias prateleiras, onde d. Aparecida, mulher de tio Almir, preparava a massa branca de leite e moldava os queijos.

Sempre, nessas visitas rurais, íamos ver a família de Tonha e Fátima, que vivia numa casa a poucas léguas de um dos córregos da fazenda, não lembro o nome. Mesmo tendo doado três de suas filhas para famílias da cidade, por total falta de condições de sustentar todo mundo, o casal — d. Geralda e seu Alaor — ainda mantinha cinco filhos em casa, com mais ou menos um ano de diferença entre eles. Os meninos eram trigêmeos (chamavam-se, tal como os reis magos, Belchior, Gaspar e Baltazar) e as duas meninas, pré-adolescentes, já estavam prometidas para casamento com rapazes da região e, enquanto ainda moravam com a família, auxiliavam a mãe nos serviços da casa. Acho que os nomes eram Dalva e Sebastiana. D. Geralda também exercia o papel de benzedeira, enquanto seu Alaor, que era capitão de Folia de Reis, trabalhava para um fazendeiro que tinha uma propriedade colada à nossa. Eu era mais amiga de um dos meninos, o Gaspar, que me ensinou a pular corda e me levava para colher jabuticabas quando era época delas.

Os três garotos também eram foliões, tendo já aprendido a entoar os cantos e a tocar alguns dos instrumentos da folia. Se não me falha a memória, Belchior tocava triângulo; Gaspar, reco-reco, e Baltazar, pandeiro. Vi, acho que duas vezes, apresentações do grupo na casa de minha vó Ana, que costumava comemorar duplamente o dia 6 de janeiro: por ser Dia de Reis e aniversário de papai. Era ele quem os buscava na fazenda em sua caminhonete vermelha, enquanto vovó preparava panelas de galinhada e tutu de feijão. E muito pão de queijo, brevidade, bolo de fubá e compotas tentadoras. Após a morte de vó Ana, nunca mais os vi. Mesmo porque, logo depois, papai deixou de trabalhar na fazenda. Acho que a última vez foi numa dessas festas. Não me esqueço das sobrancelhas fartas que os trigêmeos tinham, os dentes muito brancos, a pele negra e brilhante, todos lindamente vestidos e felizes com o que faziam.

Hoje não sei o que foi feito deles, e me esqueci de perguntar a Tonha quando ela me ligou.

Tonha, pelo que senti na última conversa que tivemos, não guarda mágoas de você e de nossa família. Pelo contrário, reconhece a importância que teve, que tivemos, para a vida dela. Acho que só eu continuo a *mal resolvida* dessa história.

10.
Joelhos, ervas e escadas

O milho, na minha vida, não foi só motivo de prazer, mas também de suplício. Por causa dos castigos que você me infligia quando eu menos esperava e, muitas vezes, sem merecê-los. Ajoelhar sobre os grãos por mais de uma hora sempre me deixava em desespero, ao mesmo tempo que testava minha resistência. Tonha e, mais tarde, Fátima também vivenciaram esse tipo de punição, talvez até com mais frequência do que eu. Imagino o quanto suas vidas foram afetadas por isso.

Quanto a você, às vezes penso que sua rígida formação católica possa ter estimulado essa mania de nos castigar pelos joelhos e nos obrigar também a usá-los para rezas e penitências. Trago uma cicatriz no joelho direito, causada por essas imposições, uma pequena marca arredondada que se estende numa linha espessa e vai se diluindo ao descer pela perna. Toda vez que a vejo, me lembro de você. Acho que ela foi causada não pelos grãos de milho, mas por algum pedaço áspero de pedra que se misturou a eles. Só me recordo de uma dor aguda, que me fez sentar no chão e cobrir com a mão o joelho machucado, aos soluços. O que veio depois, prefiro esquecer.

Tenho bons joelhos, apesar de tudo. Pulo corda, faço caminhadas, danço, e até corro, sem problemas. Se hoje me ajoelho, é só para limpar o chão, abrir a última gaveta do armário ou da escrivaninha, procurar um livro nas prateleiras mais baixas da estante. Eventualmente, me ajoelho numa missa de sétimo dia, mesmo a contragosto. Ao contrário daqueles tempos em Terra Verde, não frequento mais igrejas, o que, para você, deve ser um pecado imperdoável.

Já faz mais de dois meses que iniciei esta carta que não é carta, estas palavras que vêm e vão em dias incertos. Lá fora, a roseira está cheia de botões vermelhos, o alecrim se espalha pelo canteiro, e os pés de açafrão-da-terra, também. O pé de manjericão está enorme e cheio de flores, as abelhinhas ao redor. Só o pé de *Artemisia absinthium*, não sei por quê, secou. Logo ela, a mais poética das ervas. Eu a chamo de losna, tia Zenóbia prefere o nome "absinto", e vó Ana se referia a ela como "erva-do-fel". Talvez tenha secado porque gosta de baixa umidade, e choveu muito no último mês. Vou cuidar dela nos próximos dias ou providenciar outra muda. Não posso viver sem o amargor do chá de losna como a primeira bebida do dia.

Sabia que, no passado, as pessoas misturavam losna macerada ao vinho para se prevenirem contra os ataques febris? Hildegarda de Bingen, santa alemã versada em coisas da natureza, escreveu sobre essa erva num livro sobre plantas, animais, elementos e pedras, quase mil anos atrás. Segundo ela, o absinto é um remédio precioso, recomendável contra diversos males, como dor de cabeça, dor de dente, dores musculares, problemas no estômago, no fígado e no intestino, além de ser muito eficaz contra os vermes e a melancolia que a tudo rói. Aprendi, lendo esse livro, dezenas de receitas incomuns de elixires, unguentos e infusões, quase tudo à base de vinho e, em alguns casos, azeite de oliva. Você, que foi viciada em remédios, nunca quis saber dos fitoterápicos e, por isso, não pude lhe apresentar a losna, absinto, erva-do-fel, erva-santa, alvina, aluína, flor-de--diana, sintro, erva-de-santa-margarida. E agora é tarde.

Não sei se vou conseguir ir até o fim do meu relato e chegar aonde quero chegar. Mesmo porque o mundo está acabando, só ouço falar em mortes ao redor, o país está se desintegrando nas mãos de necrófilos, e as palavras, por vezes, me faltam. Fico dias sem conseguir escrever nada, com o coração encolhido, dizendo "basta!". Tenho passado semanas sem sair de casa, morrendo de medo da peste, por conta apenas das plantas, dos livros que leio, dos artigos científicos que me foram encomendados, da escrita deste relato, sempre ao som de música sem canto, apesar de às vezes eu abrir exceção para coros de vozes, como os das composições de Thomas Tallis, que me deixam em êxtase.

Ainda bem que meu vizinho do lado, Tiago, um jovem arquiteto de trinta e dois anos, que mora sozinho com sua cachorra, tem feito minhas compras no supermercado, liga sempre para ver se preciso de algo e até deixa a Lola comigo por um par de horas, ou mesmo o dia todo, para eu me divertir um pouco. Ela é uma mistura de cocker spaniel com vira-lata, muito ativa e sabida. Minha casa fica de pernas para o ar quando ela vem, mas não estou nem aí para a bagunça. Acho que sua presença contribui para eu não pedir demissão da humanidade.

Mas voltemos aos joelhos, essas duas articulações das coxas com as pernas, de que participam o fêmur, a tíbia e a patela.

Meses depois do casamento de Tonha, quando comecei a usar óculos (e a ser chamada de "quatro-ôio" por Estela e alguns colegas do colégio), prestei o tão esperado vestibular para biologia. Você ainda deve se recordar do quanto me saí bem: fiquei em terceiro lugar, entre não sei quantos concorrentes. Muitos. Foi uma das minhas maiores conquistas, estou certa disso. Quando peguei o jornal e vi meu nome entre os aprovados, cheguei em casa esbaforida, doida para contar a todo mundo o meu feito, orgulhosa de mim mesma por ter tido aquelas notas excelentes em quase todas as provas e poder, finalmente, realizar meu sonho de morar em Belo Horizonte. Rodrigo, nessa época, já tinha ido estudar na Itália, e eu ainda não tinha me apaixonado de novo. Confesso que senti falta dele, seria tão bom se ele pudesse saber antes de todo mundo e fôssemos comemorar sozinhos em algum canto.

Quando cheguei em casa, você estava na copa com sua manicure, fazendo as unhas, lembra? Fátima arrumava a casa com a outra empregada, Rubens estava no quintal, e papai, no banho, se preparava para ir trabalhar. Tão logo me aproximei, ofegante, você se assustou com minha alegria. Contei sobre o meu êxito, entre lágrimas felizes, e adentrei a casa à procura de papai. Vi que estava no banheiro, bati na porta e gritei a ele, dando a notícia. Ele demorou uns poucos minutos e abriu a porta, com a roupa mal colocada e os braços molhados, e me abraçou com alegria, me chamando de *querida do papai, minha menina mais linda e inteligente do mundo*. Até chorar ele chorou. Você, com as unhas recém-pintadas, levantou-se e foi até mim, com manifestações de alegria, mas sem me tocar para não estragar o esmalte. Disse que eu tinha puxado vovó Luiza, que no meu sangue corria a inteligência de sua família, que você só não fez faculdade porque se casou cedo, se tivesse feito estaria como tia Zenóbia, e começou a chorar sem lágrimas, dizendo que fez o que pôde para eu passar no vestibular. Aí, veio a bomba. Não acreditei no que ouvi, e papai ficou perplexo.

Minha filha, fiz uma promessa a Nossa Senhora do Perpétuo Socorro para você passar no vestibular, e ela me ouviu, você começou a falar com a voz chorosa, passando a mão sobre a pálpebra direita. Olhei para seu rosto, conturbada e desarmada. Seus olhos, de um verde oblíquo, estavam secos e apertados. Então, perguntei que promessa era aquela, ao que você respondeu com a voz em tom menor: *Prometi que você subiria, de joelhos, a escadaria da igreja São José, de Belo Horizonte, se passasse*. Um silêncio envenenado se impôs, imediatamente, no corredor onde estávamos os três. Papai ficou mudo, eu fiquei muda, você ficou muda, até que saí correndo para o meu quarto, aos prantos, e tranquei a porta. Joguei-me sobre a cama e me desesperei, quis morrer, desistir de tudo, sumir do mapa, pular na cisterna da fazenda, me atirar na frente de um carro, roubar seus calmantes e tomar todos de uma vez, cortar os pulsos com gilete, tacar a cabeça na quina da parede até morrer.

Papai bateu na porta, dizendo *filhinha, vamos conversar*. Não abri. Você chegou e gritou meu nome duas vezes, me mandando abrir a porta. Não abri. Eu só chorava, amaldiçoando você e o fato de eu ter nascido. Tampei os ouvidos com algodão, enfiei-me debaixo do lençol e me encolhi aos soluços. E queria dormir para me afastar da minha realidade, de meu ódio de você. Ouvi toques no vidro da janela do quarto e pela fresta da cortina entrevi o rosto de papai, mas resisti. Até que, por debaixo da porta, apareceu um papel dobrado. Era um bilhete de papai. *Analu, minha filha, você passou porque estudou muito e sempre foi a melhor aluna, sua mãe não sabe o que está fazendo, ninguém pode fazer promessa pra outra pessoa pagar, você não precisa cumprir, eu te garanto que não precisa. Me deixa entrar pra gente conversar direito.*

Abri a porta e ele me abraçou. Voltei a rodar a chave na fechadura e nos sentamos na cama. Ele voltou a falar sobre promessas, me explicando o que já havia escrito no bilhete e falando que eu não podia ligar para suas coisas, pois você era assim mesmo e não fazia aquilo por mal. Disse que ligou para tia Emília contando sobre minha vitória e que ela e Raquel estavam vindo me visitar, que alguns professores ligaram para me dar os parabéns, que precisávamos pensar na minha mudança para Belo Horizonte, arrumar uma república de estudantes, providenciar tudo, pois em breve eu precisaria fazer a matrícula na universidade, e as aulas começariam no início de março, logo depois do meu aniversário de dezoito anos. Após alguns minutos, bateram na porta. Era você dizendo que tinha visita para mim.

Limpei meus óculos que jaziam sobre um canto da cama e, quando saímos, estava um tanto de gente lá, à minha espera, para me dar os parabéns. Assim que papai saiu para o trabalho, fiquei um pouco com as visitas, até que Raquel — que tinha acabado de chegar de São Paulo para passar uns dias de férias em Terra Verde — me chamou para darmos uma volta, me contando que tinha ganhado uma bolsa para estudar na companhia de balé de Pina Bausch e deixaria o Brasil mais ou menos na mesma época em que eu me mudaria para Beagá. Comemoramos muito nesse dia, e só voltamos para casa à noite, quando você nos recebeu com uma efusividade enigmática e papai me aguardava com um presente maravilhoso: uma máquina de escrever, que me acompanharia por muitos anos. Para meu alívio, você não voltou a tocar mais no assunto da escadaria da igreja.

Essa escadaria continuou, entretanto, a me atormentar por um tempo. Por coincidência, a república que arrumei para morar, com a ajuda de outros colegas de Terra Verde que também tinham passado no vestibular, ficava a uma quadra da Igreja São José. Não dava para não me lembrar da sua promessa quando eu passava em frente àquela escadaria enorme que dá para a entrada principal. Vim a saber que as escadarias dessa igreja, hoje santuário, foram projetadas e construídas por um holandês chamado Verenfrido Vogels, nos primeiros anos do século XX. Um dia, parei diante da escadaria para contar os degraus: me perdi um pouco, mas cheguei a quase quarenta. Quanto tempo eu teria gastado para percorrer todos eles de joelhos? O que teria sobrado de mim depois disso?

Hoje de manhã saí para uma caminhada pela cidade vazia. Num dos canteiros de uma praça, vi um rato rastejando com suavidade entre as ervas daninhas. Uma caminhonete de lavanderia passou em disparada na rua e me assustou, e ao chegar à esquina, vi um homem maltrapilho, sem máscara, vasculhando o lixo. De repente, ele pega um buquê de flores murchas, descartado na imundície daquela lata, e o leva com ele. Do outro lado da rua, uma mulher com seu cachorro recolhe do chão as fezes do animal com uma sacola plástica. Sirenes de ambulância, motos de entregadores de comida, bem-te-vis nos galhos de árvores, um casal mascarado correndo com roupas de ginástica, tudo se mistura na paisagem desolada. Não tenho dúvidas de que, quando a pandemia passar, se é que vai passar, tudo o que for será outra coisa.

Você nem pode imaginar o que está acontecendo neste mundo que já não é mais o seu.

II.
Álbum de retratos

Já faz duas semanas que deixei de escrever para você. Uma certa paralisia me tomou e eu não conseguia me concentrar em nada, nem nos filmes que tentei ver para preencher as penosas horas de isolamento. Tudo é lentidão e rapidez simultaneamente, como se os ponteiros dos relógios estivessem a serviço de uma temporalidade alheia à que costumamos chamar de tempo. Uma confusão metafísica.

Ontem, depois de molhar as plantas da casa e dar um trato no jardim, abri o armário onde estão enfileirados os álbuns de fotografia e as caixas de cartas. Eu estava à procura das fotos que tirei das plantas do Jardim Botânico de Lisboa quatro anos atrás, mas a visão dos álbuns antigos me desviou do intento. Peguei um com uma paisagem de montanha sobre a capa almofadada e páginas intercaladas com folhas de papel de seda puídas e amareladas. O mais antigo de todos. Ao abri-lo ao acaso, deparei com uma foto de seu casamento com papai. Na página seguinte, outra de vocês dois numa mesa. Não hesitei. Peguei o álbum, desemaranhei a delicada corda da encadernação e o levei para o escritório. E foi assim que me veio o impulso de voltar à escrita. Agora, depois de percorrê-lo todo, ele está aqui, aberto, cheio de marcadores, ao lado do teclado do computador. Cada foto diz um pouco mais de você, de nós, da nossa história.

1.

A foto que mais me impressionou foi esta, em preto e branco, na qual você não aparece, apesar de ter deixado nela sua marca: um rasgo feito para retirar de cena a imagem de papai. Só se veem as mãos dele segurando Rubinho, que está de pé sobre as pernas cruzadas, vistas pela metade. Meu irmão devia ter uns oito meses. Suas coxas rechonchudas e cheias de dobras mostram que era uma criança bem cuidada. Ao lado do buraco deixado por você, estou eu, de vestido claro e meias rendadas que saem dos sapatos brancos com fivelas e vão até acima do joelho. Com o olhar voltado para o alto, tenho uma fita no cabelo. Seguro uma boneca loira, de olhos arregalados, vestida com um poncho de crochê listrado e franjas nas extremidades. Estamos sentados sobre uma cama estreita, numa pose para o fotógrafo que, provavelmente, era o seu Armando, que ia com frequência a nossa casa registrar momentos nem sempre especiais. Noto que minha carinha assustada talvez prefigurasse o impressionante destino dessa foto mutilada, em que meu pai deixou de estar. Não foram poucas as fotos que você cortou ou rasgou só para fazer desaparecerem pessoas que já não queria mais ver ou passou a odiar, provisoriamente, como se fosse para sempre.

2.

A que agora percorro com a mão é colorida. Nela, tenho cinco anos de idade, estou no jardim de infância, posando para uma homenagem ao Dia das Mães. Naquele dia, cada criança da escola se sentou ali naquela mesinha, de costas para um cartaz de cartolina que continha a gravura de uma mulher loira com uma filha no colo, ao lado de uma mensagem em forma de poema, escrita com uma caneta-pincel, daquelas largas. Só consigo ler três versos: *Mãezinha meiga e santa/ Hoje é teu dia, querida!/ Minha alegria é tanta/ Que...*

Pode ser que o último verso, encoberto pela minha cabeça, seja: *Que te sou agradecida.* Ou não. Uso um uniforme xadrez azul e branco, tenho uma pulseira vermelha no braço direito e um lápis de cera, também vermelho, na mão que parece desenhar ou escrever (eu já sabia traçar umas poucas palavras, como "mamãe, "papai" e meu primeiro nome). Meus cabelos estão atrás das orelhas, partidos de lado, com alguns fios soltos caindo na face esquerda. Os olhos, pretos e incisivos, brilham sob as sobrancelhas levemente arqueadas, as pupilas parecendo ver o que não consigo ver agora. O nariz é miúdo; os lábios, concentrados e iluminados por uma centelha, talvez provocada pela saliva. Essa foto, que estava entre os seus pertences, me foi devolvida por Rubens depois que você partiu. Fico admirada por ela ter sido guardada por tantos anos, desde quando eu a lhe dei como presente do Dia das Mães, porque minha professora me dera essa incumbência.

3.

Retomo agora a foto que mencionei páginas atrás. Tirada na noite de minha festa de quinze anos, estou ao seu lado, beijando sua face esquerda. Você, distante, com os olhos voltados para o nada, não parece sentir minha presença. A sensação que tenho hoje é de que estava beijando não a minha mãe, mas a cópia dela em tamanho natural. Não há presença, nem afeto. Sua boca está torta, talvez pelo meu toque firme no seu queixo. Nos meus cabelos, aparece um fio de pérolas falsas, mas bonitas. Uso um vestido branco, de alças, e meu braço fino faz um "v" para chegar ao seu rosto. Você usa um vestido rosa-claro, com um babado largo no decote que mostra seus ombros também rosados, quase brancos, misturando-se com a cor do tecido. Não tenho ideia do que você pensava no momento desta foto. Tudo é muito impreciso. A sensação que tenho é de que não há nenhum vínculo afetivo entre nós, tudo é uma encenação para o fotógrafo e para o mundo. Mesmo o meu beijo não deixa de ser falso. Pelo menos você não simulou, como em outra foto tirada na mesma noite, qualquer alegria por eu estar fazendo aniversário. Sua indiferença ao meu beijo me afeta, na medida em que eu esperava um pouco mais de sua consideração pela data em que nasci, quinze anos antes da festa.

4.

Nesta aqui você posa no colo de papai no dia do seu casamento, após a cerimônia. Há uma imprecisa candura no seu olhar, e meu pai — magro e de queixo fino — sorri com timidez. Você usa uma tiara de flores brancas na testa e um véu que vai até sua cintura finíssima, que se abre numa saia larga, de rendas em múltiplas camadas, algumas plissadas e de diferentes texturas. Sentada no colo de papai, você encobre quase todo o corpo dele, que só fica visível pelo braço esquerdo, coberto pela manga de um terno de tecido preto, a mão de dedos longos, cujo anelar ostenta uma aliança larga, pousada com delicadeza sobre sua cintura. Seu braço direito, envolto em rendas, vai até o ombro dele, envolvendo-o de forma convincente. Seus sapatos brancos de bico fino saem pela barra do vestido, como lanças. Percebo um ar apaixonado entre os dois, ao mesmo tempo que vejo uma extrema juventude, ou adolescência, na maneira como se portam e se olham. Imagino o que pensavam, ou o que esperavam, quando se olhavam de tal maneira. Sei que, na mesma noite desta foto, vocês viajaram para Serra Negra, onde ficaram por uma semana, quando provavelmente me conceberam, sem se darem conta de que o faziam. Não à toa, nasci oito meses depois.

5.

Esta é do carnaval que você, Rodrigo e eu passamos juntos no clube de Terra Verde. Ele está entre nós duas, com os braços envolvendo nossos ombros. Estou fantasiada de odalisca, com um biquíni de cetim amarelo, as pernas cobertas por um tule branco que também compõe as mangas de um colete preto acetinado. Rodrigo, que segura meu ombro direito, num meio abraço, também usa uma roupa oriental, com calça azul-marinho de cetim e uma espécie de colete vermelho cujas extremidades estão amarradas acima da cintura, com as pontas pendentes até o baixo-ventre. O dorso liso e moreno está à mostra, assim como o pescoço esticado, o rosto altivo deixando explícitas as sobrancelhas arqueadas. O turbante branco que ele tem na cabeça o deixa mais belo e enigmático. Chama atenção a mão esquerda que ele pousa no seu ombro e você afaga com a sua. Sua brancura rosada contrasta com o fundo escuro da foto e a proximidade da pele morena de Rodrigo. Você usa um vestido lilás de tecido lurex, de alças, que cai rente ao seu corpo até os pés. Nenhum adereço se vê nos braços e pescoço. Você olha para o alto, com um ar de prazer. Eu, nos meus catorze, quinze anos — não há data na foto —, estou visivelmente feliz, segurando com a mão direita o troféu de casal folião que ganhei com Rodrigo. Nessa época, éramos fascinados por tudo o que dizia respeito ao mundo de *As mil e uma noites*.

6.

Eu não queria descrever esta foto tirada no dia do aniversário de dez anos de Rubinho, mas ela me incomoda tanto que me sinto quase na obrigação de trazê-la a este pequeno álbum descritivo. Naquele dia, como já mencionei, eu tinha tido uma crise de urticária e um enorme edema no rosto. Fui praticamente obrigada por você a posar com meu irmão para o fotógrafo. Uso um vestido amarelo e meus cabelos cobrem quase toda a minha face direita, ainda meio inchada, que eu tentava esconder. Minha cabeça está inclinada para baixo, de maneira a disfarçar a protuberância de meus lábios. A injeção de antialérgico tomada no início da tarde não fora suficiente para eliminar toda a minha aparência horripilante, ainda que eu já estivesse livre das coceiras e das enormes placas espalhadas pelo corpo. No rosto sempre demorava mais tempo, o que me deixava aflita. E é essa aflição, naquele momento meio acuada, que vejo na foto. Ao meu lado, Rubens, vestindo uma camisa verde, está sorridente e se coloca um pouco à minha frente, cobrindo parte do meu ombro direito. Não há qualquer interação entre nós, nenhum toque, nenhum gesto recíproco de carinho. Por que você não me rasgou desta foto como fez com papai naquela outra, tirada quase uma década antes?

7.

Escolhi duas fotos do dia de meu casamento com Pedro: uma colorida, tirada durante a cerimônia religiosa, e outra, em preto e branco, de uma cena familiar na festa que aconteceu num clube de Belo Horizonte. Na primeira, veem-se os convidados, que ocupam toda a igreja, alguns de pé no fundo. O foco principal é na fileira da frente, onde papai, você, tia Emília, tia Zenóbia com o marido e a dama de honra — filha de uma amiga de Terra Verde — estão sentados. No banco de trás, veem-se Rubens e Estela. Todos os rostos sérios. Você, com um vestido bege de seda, tem a cabeça meio inclinada para a direita, quase encostada no ombro de papai, que, num terno cinza, camisa branca e gravata vinho, parece circunspecto, as mãos cruzadas sobre as pernas e os olhos bem abertos. Tia Emília, de vestido vermelho, coque elegante e brincos de pérola, olha para baixo, distraída. Tia Zenóbia, com um vestido de estampa indiana e barra preta, está com um dos braços enlaçado no de tio Amâncio, cabelos brancos rentes à nuca e óculos de hastes curvas, enquanto o marido, de terno azul-marinho, parece estar concentrado no que vê à sua frente. A dama de honra usa um vestido branco de renda e chapéu também branco com um lacinho azul-claro caindo de um dos lados. O conjunto é contrastante, sobretudo pelas cores. Meu irmão e minhas primas têm, cada um, uma expressão pouco identificável. Interessante, mas ninguém da família demonstra qualquer sinal de alegria.

8.

A outra foto reúne dez pessoas, contando comigo, oito das quais aparecem na anterior. As novidades são vó Luiza, que está ao lado de papai, e Raquel, entre você e tia Emília. Papai e Raquel são os únicos a sorrir. Os semblantes dos demais estão pesados, incluindo o meu, talvez por cansaço, já que o retrato foi tirado bem mais tarde, durante a festa. Não sei por que vovó não estava no banco da igreja. Mas agora a vejo muito alinhada, com um lenço no pescoço e uma bolsa preta dependurada no braço que, num "v" sobre o peito, quase encosta no ombro esquerdo. Os cabelos branquíssimos, acima das orelhas, chamam atenção, e a boca se comprime de modo ambíguo. Papai já tirou o paletó e tem a camisa levemente aberta logo abaixo da gola, deixando à vista um pouco dos pelos do dorso. Raquel, esbelta na blusa de paetês e saia longa, usa brincos cintilantes e uma pulseira no punho esquerdo. Ao seu lado, tia Emília, tocando o próprio pescoço com a mão esquerda, parece conversar com tia Zenóbia, que a olha com atenção, enquanto segura com os dedos da mão esquerda os dedos do marido aparentemente exausto. Você, no centro, mostra um enfado meio amargo, explícito nos olhos dirigidos para a frente. O conjunto é triste, para não dizer sinistro.

9.

O último retrato traz só você, em sua primeira comunhão. A nitidez da imagem é espantosa e dá uma ilusão de pintura. Linda, num vestido branco que se parece com o que seria o seu vestido de noiva dez anos mais tarde, você usa uma tiara de flores presa num véu que cai até sua cintura. Com luvas, suas mãos seguram um terço e uma vela. Os cabelos curtos estão escurecidos pela iluminação. Até parece que você é morena, de cabelos pretos. Lembro que papai falava de uma semelhança sua comigo nesta foto, mas nunca consegui ver isso, embora me esforçasse. Atrás de você, um altar suntuoso, e à frente, um genuflexório de madeira escura. Ajoelhar ali com aquele vestido cheio de babados e camadas de saia não seria desagradável. Fico imaginando como teria sido bem mais fácil para os meus joelhos se eu tivesse usado roupas assim durante os meus castigos sobre os grãos de milho. Um dia, vó Luiza comentou, diante deste retrato, que você sempre foi uma boneca, lamentando que o dourado dos cabelos e a brancura da pele não estivessem evidentes na imagem. Sei que você tampouco gostava de se ver assim, como o negativo de si mesma e, portanto, tão parecida com a filha que até hoje não se vê, ou tenta não se ver, no seu rosto.

12.
Plantas e livros proibidos

Hoje, 9 de maio de 2021, é Dia das Mães. Quase dois meses se passaram desde que escrevi meu último parágrafo para você. Esta manhã, a primeira coisa que fiz foi acender uma vela para a sua alma, pedindo às nossas santas que a salvem, levando-a para um lugar onde possa se recompor da vida que teve neste mundo cada vez mais inabitável em que ainda vivo. Novamente, tentei chorar e não consegui, mas pelo menos não deixei de lhe prestar minha pequena homenagem enquanto filha órfã ainda não convicta de sua própria orfandade. Não sei se você entende o que digo, e tenho dúvidas se eu mesma entendo. No entanto, é o que tenho para dizer.

Lembrei-me, claro, de seus telefonemas estratégicos dados sempre dias antes dessa efeméride, quando me falava das coisas que gostaria de comprar mas não podia. *Vi ontem uma bolsa linda, marrom com fivela dourada, que ia combinar direitinho com aquele sapato que você me deu de aniversário* — ouvi uma das vezes. Ou: *Minha televisão está péssima, estou precisando de uma nova.* Ou: *Eu queria tanto um vestido novo para ir à missa de domingo... será que vou ganhar mesmo um?* E eu sempre cedia aos seus pedidos no Dia das Mães, no Natal, no seu aniversário. Valia a pena, pois você ficava tão feliz quando recebia os presentes que me adulava por muitos dias depois, me chamando de *minha filha adorada, melhor filha do mundo, meu amor,* ao telefone. Mas logo se esquecia dos presentes e passava a me implorar que pedisse ao Pedro que pagasse sua dívida na farmácia, que eu mandasse o dinheiro para quitar a conta astronômica do telefone, aumentasse o valor de sua mesada porque o que eu estava mandando não dava para nada, ligasse para os médicos para pedir receitas de calmantes extras depois das consultas etc.

Mas tudo isso fazia parte de nosso relacionamento, e acabei me acostumando. Tanto que, quando você não me ligava ou escrevia para pedir algo no prazo de uma semana, eu ficava preocupada e a procurava para perguntar se estava precisando de ajuda, sem deixar de imaginar seus olhos verdes e turvos brilhando de alegria por causa do meu gesto. Era quando, em mim, uma certa piedade se misturava a uma certa afeição.

Meu domingo está ensolarado e frio. Dois pombos vieram me visitar na porta que dá para o jardim dos fundos da casa, logo depois de eu acender a vela para você. Já no final da manhã, recebi uma mensagem do meu jovem vizinho Tiago, dizendo que tinha deixado um presente para mim na caixa do correio. Fui até lá e encontrei um livro que eu não conhecia, chamado *Revolução das plantas*, de um autor italiano. Li as primeiras páginas — ele mostra que as plantas, mesmo sem cérebro, possuem memória — e confesso ter ficado em dúvida: continuar a leitura ou escrever para você? Decidi por fazer as duas coisas alternadamente.

Nunca tive dúvida quanto à inteligência das plantas, desde quando eu era criança e as tinha como confidentes. Depois que passei a estudá-las, me encantei com a diversidade das espécies e das peculiaridades de cada indivíduo de cada uma delas. Nenhuma planta é igual a outra. Mas todas têm suas formas de sentir o entorno e os seres que delas se aproximam. Sei que você nunca foi chegada a elas e provavelmente ache tudo isso o que escrevo uma grande besteira.

Mas, por falar em um autor italiano, me veio a lembrança de outro que li há poucos anos e não tem nada a ver com vegetais.

Num dos seus livros, ele conta a história de um escritor que fez uma lista de cinquenta e duas coisas que não pretendia mais fazer na vida e, em determinado ponto, diz mais ou menos assim, acho que citando outro escritor: "as resoluções definitivas são tomadas sempre e unicamente por um estado de espírito que não está destinado a durar". Desde que li isso, não parei de pensar nas decisões "definitivas" que já tomei na vida e das quais me arrependi depois. "Nunca mais", "para sempre", tudo isso é tão incerto quanto todas as certezas, não é? Quantas vezes eu disse para mim mesma que me afastaria de você para sempre, por não mais suportar sua existência na minha vida? Mas sempre voltei atrás, por incompetência ou fraqueza.

Mesmo decisões banais como "*nunca* vou ler tal tipo de livro*", pelo que aprendi, não demoram a ser jogadas na lata de lixo quando menos esperamos. Foi o que aconteceu ainda naqueles tempos de adolescência, em que ler se tornou meu maior vício. Meio metida a intelectual, eu só procurava os clássicos e abominava qualquer coisa que me parecesse fútil ou de qualidade duvidosa. Isso, até descobrir sua pequena biblioteca secreta.

Você, que não gostava de leituras complicadas, tinha um especial interesse pelos livros de bolso, comprados em bancas de jornal. Toda a série sobre a personagem Brigitte Montfort, *A filha de Giselle Montfort, a espiã nua que abalou Paris*, estava num dos armários de seu quarto, assim como os romances picantes de Adelaide Carraro e Cassandra Rios. Os mais sérios de sua coleção eram os de Jorge Amado. Lembro de seus comentários efusivos sobre *Tereza Batista cansada de guerra*, para tia Emília. Eu ouvia de soslaio essas conversas, não sem um quê de curiosidade. Um dia, perguntei se podia me emprestar um dos romances de Jorge Amado, e você me ameaçou: *Se tocar nesses livros, acabo com você*. Alegava não serem adequados para meninas menores de dezoito anos, por causa das cenas de sexo e palavras impróprias. O que só aumentou, é claro, o meu interesse por eles.

Um dia, entrei no seu quarto quando você tinha saído e abri o armário de livros. Peguei o primeiro que vi — um daqueles de banca de jornal, com a espiã Brigitte, chamado *A filha de Giselle na beira do abismo* —, escondendo-o dentro de minha pasta escolar. Não gostei, mas resolvi ler outros na mesma linha, só pelo gosto da transgressão: *O último susto da filha de Giselle, Minha querida espiã, Boneca perigosa, Víbora sem ninho, Um minuto de silêncio, Mulher demais* e *Perigo entre crisântemos.* Nas capas de todos, a personagem Brigitte, de cabelos pretos e olhos azuis, aparece nua ou seminua. Não me lembro das histórias, só sei que não gostei de nenhuma. Roubei também alguns livros de Adelaide e Cassandra, mas não consegui avançar a leitura de nenhum deles. Já com Jorge Amado, foi diferente. Peguei exatamente o da Tereza Batista, e adorei. As cenas e palavras apimentadas só estimularam minha imaginação. Para que você não encontrasse os livros roubados nas minhas coisas, eu os encapava provisoriamente e os deixava junto dos livros do colégio. E deu certo. Acabei lendo todos os romances de Jorge Amado disponíveis no armário.

Coincidentemente, quando eu estava às voltas com o *Tereza Batista cansada de guerra*, houve aquela confusão com as prostitutas de Terra Verde, provocada por um padre que queria expulsá-las da rua Espírito Santo, que ficava nas proximidades de uma das igrejas da cidade. Acho que você nunca soube disso, mas me juntei ao grupo de voluntários que as defenderam e impediram que elas fossem escorraçadas. Minha tarefa foi fazer cartazes de cartolina com dizeres de apoio às mulheres. Cheguei a ir, com quatro colegas do movimento estudantil, até a casa onde vivia a mais veterana delas. Para minha surpresa, a mulher, parecendo me reconhecer, perguntou qual era meu nome. Ao responder, ouvi algo que me surpreendeu: *Você é a filha do Vicente, não é? Seu pai é um homem muito bom, conheço ele desde que ele era um menino. Fui vizinha da Ana, sua avó, que Deus a tenha. Você parece muito com ele, tem a beleza dele, já te falaram isso?* Assenti com a cabeça, toda desconcertada, e agradeci. Ela nos ofereceu um café muito doce e falou das ameaças do padre. Disse ainda ter recebido apoio de dois vereadores da cidade e que o prefeito certamente não teria coragem de permitir a expulsão delas, por medo de ter sua vida íntima revelada em público. *Ele tem um rabicho aqui e sabe que se acontecer alguma coisa com a gente, vai passar vergonha. E não é só ele não. Tem muito figurão na cidade que frequenta nossa rua* — acrescentou.

Ela acertou em cheio. Depois de muito barulho, acabou que o tal padre e seus fiéis não conseguiram removê-las da rua Espírito Santo. Fiquei orgulhosa por ter feito a minha parte e conhecido um pouco da vida sofrida que aquelas mulheres levavam ali. Depois disso, não tive mais notícias daquela senhora visivelmente cansada, desgastada pelo tempo, que me disse se chamar Aurora e que conhecia bem a família de meu pai. Mas nunca me esqueci de um quadro que vi na parede da casa que me deixou fascinada: a imagem de um anjo da guarda de cabelos longos e asas enormes, protegendo duas crianças que brincavam com uma bola à beira de um rio.

Se minha admiração pelos anjos surgiu na casa de d. Aurora, o meu imaginário erótico se ampliou graças a você. Não bastassem os livros, eu ficava sempre atenta às suas conversas com as amigas e as empregadas, quando se reuniam na cozinha para fumar, tomar café e falar de homens ou fofocar sobre casos de adultério. Aprendi muitos palavrões ouvindo essas conversas, para não falar das técnicas ou artifícios sexuais que vocês descreviam às gargalhadas, deixando-me curiosa. Eu ouvia tudo às escondidas, e quando vocês percebiam que eu estava por perto, mudavam imediatamente de assunto. Impressionante como eu conseguia fingir que não tinha ouvido nada e agia com uma ingenuidade de araque, só percebida por tia Emília, quando ela se juntava ao grupo. Aquele, definitivamente, já não era mais para mim um tempo de inocência. Mas como se diz, *quem tem ouvidos para ouvir, que ouça.*

O fato é que essas escutas secretas me levaram, alguns anos mais tarde, a fazer algo engraçado. Eu completara dezoito anos um dia antes de me mudar para Belo Horizonte e, ao chegar à cidade e me acomodar numa república de nove estudantes, fui, no primeiro fim de semana, ao cinema ver um filme muito comentado na época: *O império dos sentidos.* Foi o primeiro para maiores de dezoito anos a que assisti na vida, toda orgulhosa por mostrar na entrada do cinema a minha carteira de identidade, que garantia o meu acesso. Nunca tive coragem, em minhas idas a Terra Verde depois disso, de falar sobre esse filme a você nem a ninguém da família.

Voltando às plantas, lembrei-me de uma passagem do tal livro italiano sobre a *Mimosa pudica,* que costumamos chamar de maria-fecha-a-porta ou dormideira. Tínhamos dela no quintal de nossa casa. É aquela que fecha as folhinhas quando é tocada por alguém. Na botânica, é caracterizada como sensitiva e foi muito estudada por cientistas de renome. Na minha época de graduação, discutimos sobre ela quando lemos Lamarck, um biólogo incrível. No livro que Tiago me deu, o autor discorre sobre ela e evoca esse biólogo para falar da memória dos vegetais. Saiba que sempre me identifiquei com essa planta, e reencontrá-la agora foi uma grata surpresa.

Quando você, naqueles tempos do quintal, me chamava de "santinha do pau oco", só porque eu gostava de me fechar no quarto para não ser incomodada por suas inconveniências, eu me enxergava toda nessa planta, como se ela fosse minha imagem no espelho. Mesmo quando encolhia meu corpo dentro das roupas para que os sinais de minha transformação em mulher não ficassem explícitos aos seus olhos, eu me considerava uma *Mimosa pudica,* maria-dormideira, maria-fecha-a-porta, não-me--toques, dorme-dorme.

Tia Zenóbia já descreveu essa planta num livro de verbetes sobre o que chamou de "plantas loucas". Sim, as plantas também enlouquecem, se desviam do que os cientistas entendem como normalidade. Darwin falou delas, de um jeito mais sóbrio que tia Zenóbia, claro. Já pensei também em escrever sobre as plantas loucas que pesquisei anos atrás, movida pelos verbetes de minha mentora. Pode ser que eu ainda retome esse projeto quando for possível. Isso, se eu sobreviver a estes tempos loucos que estamos vivendo com essa pandemia também louca, num país que enlouqueceu sob o desgoverno de um louco desgovernado e cruel. Repito: você não pode imaginar no que se transformou o nosso Brasil em meio a tanta insanidade. No telefonema que dei a Tiago para agradecer pelo livro, ele me contou casos muito tristes sobre mães do entorno e alhures, por causa das coisas que têm acontecido por aqui. Ninguém merece.

Se você estivesse viva, certamente receberia meu presente pelo correio e ficaria muito feliz com minha ligação telefônica para desejar um feliz Dia das Mães e perguntar se gostou do que você me pediu e lhe dei. Sem dúvida, me falaria que Rubens não deixou de ir à sua casa para preparar, especialmente para você, um almoço memorável, com pernil, arroz de forno, feijão-tropeiro, couve, bombons, sorvetes e todas as iguarias que você sempre adorou comer nos dias especiais. E eu me sentiria, ao mesmo tempo, aliviada e culpada por não ter ido.

13.
O caixão e as cartas anônimas

Quando papai morreu, ele já estava morando, havia pouco tempo, com Márcia — a tal professora de ginástica que você amaldiçoou tantas vezes para todo mundo, aquela mulher ruiva que parecia ter uma grande veneração por ele. Não cheguei a conhecê-la muito bem, pois eu já tinha me casado com Pedro, entrado na pós-graduação e começado minhas pesquisas, sem muito tempo para ir a Terra Verde. Trocávamos, papai e eu, cartas e telefonemas com frequência. Ele demonstrava contentamento com a nova vida, embora sem muita ênfase. E eu, ainda que em meio à incerteza de que tudo estava melhor para ele, tentava apoiá-lo. Não foram poucas as vezes que recebi telefonemas seus reclamando de Márcia, como se ela fosse a usurpadora de alguém que só poderia pertencer a você. Eu apenas ouvia suas queixas e preferia não dar minha opinião. Sabia que papai, mesmo vivendo com outra pessoa, não tinha deixado de atender a todas as suas demandas e estava sempre a postos. Talvez ainda a amasse, embora não conseguisse tolerá-la ao seu lado. O fato é que ele tinha um coração enorme, e você exigia demais daquele coração.

A notícia me veio por tia Emília, que me ligou nas primeiras horas da manhã daquele dia terrível, contando que ele tinha sofrido um infarto enquanto dormia e não resistira. Meu desespero me deixou respirando aos arrancos. Eu queria ir imediatamente para Terra Verde, sem fazer mala, sem preparativo algum. Foi Pedro quem me conteve, pedindo que eu me acalmasse para que pudéssemos ir sem correria. Afinal, qualquer pressa, naquele contexto, já não fazia mais sentido. Mas as urgências, você sabe, são subjetivas. Aguardei com impaciência que ele se preparasse e me ajudasse a juntar um par de roupas e produtos de higiene, mas eu não conseguia prestar atenção em nada. Meu coração, minha cabeça e meus sentidos estavam fora de lugar. A sensação era de que, depois de ter acordado, esfregado os olhos, colocado os óculos e recebido o telefonema, eu não sabia por que acordara e se valia a pena continuar desperta.

A viagem de carro até Terra Verde foi um suplício. Pedro tentava puxar assuntos sem conexão com o que estava se passando, mas eu não podia me desvencilhar de minha urgência interna: a de chegar logo, ver com meus próprios olhos que papai deixara de existir, embora teimasse em não acreditar que isso pudesse de fato ter acontecido.

Seis horas depois da partida, chegamos. Pedro sugeriu que ficássemos num hotel, e concordei, indiferente. Após deixarmos rapidamente a bagagem no pequeno quarto, do qual não me lembro muito bem, fomos para o velório. Lá, a primeira pessoa que encontramos foi você, que parecia pouco abalada pelo acontecido. Rubens já estava lá, com olhos baixos, sem se dar conta do entorno. Havia muita gente no salão cheio de velas e flores. Alheia às pessoas que de mim se aproximavam para dar os pêsames, fui até o caixão de papai, que não parecia morto. Ele estava muito bonito, com o rosto sereno. Tanto, que achei que não tivesse morrido de fato. *Seria uma catalepsia?* — ocorreu-me de repente, meus olhos arregalados de pavor. Não tive coragem de tocá-lo, sentir a frieza da sua pele, pois meu corpo estava engessado, e minhas mãos se enrolavam sobre si mesmas, rígidas.

Fui até Rubens e disse que deveríamos esperar pelo menos mais um dia antes de enterrá-lo, pois ele provavelmente voltaria à vida em breve. Meu irmão deu um risinho sarcástico, dizendo que eu estava doida. *Os médicos comprovaram o óbito*, disse com a certeza de quem era do ramo. E sugeriu que eu fosse conversar com o dr. Sérgio, que estava no canto direito do salão e poderia me dar todos os detalhes. Não fui. Naquela hora, ninguém podia me convencer de que meu pai tinha partido para sempre. Que morto tinha aquele tipo de viço no semblante? Não, impossível que tivesse morrido de verdade. A única coisa que fiz foi chorar, chorar e chorar. Até que tia Emília e Raquel se aproximaram de mim e me abraçaram, pedindo que eu parasse de ficar pensando coisas que não faziam sentido. Soube, naquele momento, que tia Zenóbia havia saído de Lisboa de manhã e perderia o sepultamento. *Mas ela vai estar conosco em breve*, me disseram. Ouvir isso não deixou de ser um consolo.

Você, em nenhum momento, se aproximou de mim para um afago. Ou mesmo para lamentar qualquer coisa. Fiquei admirada com sua aparente frieza, sua falta de consideração. Márcia estava à beira do caixão, inconsolável. Aproximei-me dela e a abracei, não sei se por compaixão ou por ver que ela de fato estava abalada pela morte dele, já que, afinal, tudo aconteceu enquanto estavam juntos, dormindo. Dormindo? *E se ela o tivesse matado?*, ocorreu-me, num átimo. *Mas como ela o teria matado se ele não tinha morrido de verdade?*, pensei, ainda obcecada pela ideia da catalepsia.

Reparei quando você chegou perto do caixão, antes da missa em corpo presente que seria celebrada pelo padre Antônio, amigo de nossa família, de quem papai era muito próximo. Parecia, em seu olhar, que havia uma relutância própria à de algumas pessoas que têm medo de se aproximar de alguém que morreu. Teria sido uma recusa, um temor, ou uma indiferença fingida? Pode ser que não quisesse demonstrar sua tristeza, achando que seria ridículo chorar diante do cadáver de um marido que a deixara para morrer ao lado de outra mulher. Enquanto você o olhava, três parentes que eu não encontrava havia muitos anos vieram até mim. Era um casal de tios e um primo, do meu lado paterno, dos quais você tinha me afastado desde que eu era criança, alegando que não prestavam. Apesar de estranhos, senti por eles uma afeição que até hoje não consigo qualificar com exatidão.

Observei também, em eventuais relances, gente com um olhar ao mesmo tempo terno e desdenhoso, como o das suas amigas mais próximas. Reparei, ainda, que uma delas movia os olhos de um lado para outro, como se procurasse algo ou alguém que não estava lá. Sua ex-cunhada mais velha, que você dizia ser puta, apareceu no salão, desolada, com os olhos inchados e vermelhos, acompanhada dos filhos e de duas mulheres estranhas.

Aprendi num livro que os mortos só têm a força que os vivos lhes dão. Assim, era fácil perceber para quem aquele morto de fato importava, para quem ele tinha uma história respeitável. Mas meus lampejos de lucidez diante dessas cenas eram precários. Eu não me livrava da ideia de que papai continuava vivo e que poderia despertar a qualquer momento. Essa aflição, meio agonia, meio expectativa, foi ficando, aos poucos, maior do que pude suportar, até se tornar um desespero, um desespero mudo que acabou por me cegar diante de tudo o que se passava à minha frente naquele dia sinistro. As pessoas não paravam de chegar ao velório, como se a cidade inteira tivesse resolvido comparecer ali. Mas, no meu entorpecimento, eu já não via mais ninguém, nem mesmo as pessoas que se aproximavam para me dar um abraço, uma palavra de alento.

Depois do enterro, não parei de imaginar a possibilidade de meu pai acordar de seu estado cataléptico quando já não fosse mais possível viver de novo. Por vários dias, não pensei em outra coisa, com terror. Cheguei a pesquisar um pouco sobre catalepsia após retornar a Beagá. Nos dicionários, a palavra é definida como um estado mórbido transitório, caracterizado por enrijecimento dos membros, insensibilidade e palidez cutânea, que afeta também a respiração, podendo ser confundido com a morte. No *Aurélio*, consta que esse estado "é ligado à auto-hipnose ou à histeria". Já o *Houaiss* diz que "surge em certos problemas mentais e se inscreve no quadro da esquizofrenia". Alguns compêndios médicos usam o termo "catalepsia patológica", relacionando-a também a quadros graves de depressão e alcoolismo. Mas papai, pelo que eu saiba, nunca teve transtornos mentais que pudessem justificar um ataque patológico desse tipo, capaz de durar poucos minutos ou se prolongar por dias e dias. Muito menos era alcoólatra. Só sei que fiquei enchendo os ouvidos de Pedro o tempo todo com isso, a ponto de ele perder a paciência e dizer que eu já não falava mais coisa com coisa, não entendia coisíssima nenhuma de catalepsia e estava delirando com aquela história de que papai fora enterrado vivo.

Dois dias depois do sepultamento, ainda em Terra Verde, reapareceram minhas famigeradas urticárias. Elas tomaram meu rosto e meu corpo de maneira furiosa, como nunca acontecera antes. Fui parar no hospital para tomar injeções de adrenalina, cortisona e antialérgicos dopantes que apenas amenizaram o meu estado. Você, preocupada, tentava me consolar com compressas de gelo sobre os edemas e carinhos que me confundiam ainda mais.

Pedro, tia Emília e, depois, tia Zenóbia — que chegou no dia seguinte ao enterro — tentavam me demover da ideia de que papai tinha sido enterrado vivo. Mas eu não acreditava em ninguém. Nem os calmantes que me deram foram totalmente eficazes contra minha aflição, embora eu tenha conseguido dormir sem, digamos, dormir de verdade.

Demorei semanas para voltar ao mundo a que supostamente pertencia e me dar conta de que não adiantava mais nenhuma aflição, já que nada o traria de volta à minha vida. Entretanto, até hoje ainda me atormenta a possibilidade de ele não ter morrido no dia em foi decretado o seu falecimento e ter acordado no escuro de um espaço asfixiante e sem saída. Porém, a ideia do ataque cardíaco me dá um certo alento, sobretudo quando me lembro de tia Zenóbia falar que morrer subitamente de um ataque cardíaco é um privilégio. Assim, acabei por me convencer de que papai havia tido, de fato, uma morte invejável.

Voltamos, Pedro e eu, para Belo Horizonte logo após a missa de sétimo dia, que não deixou de ser um suplício. Aliás, não sei como consegui ficar tanto tempo em Terra Verde, entre passagens pelo hospital, por causa das alergias, e momentos tensos não apenas com você, mas também na companhia de outras pessoas de nossa família, da vizinhança, do círculo de amizades de meu pai. Naqueles dias, nem abri o pacote que tia Zenóbia me entregou ao chegar de Portugal, dizendo ser um presente de aniversário atrasado. Só fui ver o que era no carro, durante a viagem de volta a Belo Horizonte. Era um presente incrível, que, só meses mais tarde, pude apreciar direito: um livro do médico e botânico alemão Leonhart Fuchs, do século XVI, com a reprodução dos seus escritos e desenhos originais, em cores, acompanhados de uma introdução e um glossário em inglês. Só mesmo tia Zenóbia para me dar um presente desses, que ficaria meses sobre minha mesa de trabalho, à espera de minha atenção.

Pouco mais de um mês depois de retornarmos a nossa casa, ainda com alguns calombos espalhados pelo corpo e inchaços repentinos no rosto, recebi pelo correio um grosso envelope de Márcia, que continha um maço de papéis, acompanhado de uma carta em que ela pedia que eu ficasse com aquele material. *Só tem a ver com sua família*, reforçou. Diversas fotos de meu pai comigo também foram incluídas, deixando-me muito comovida, para não dizer, abalada. Numa delas, ele me segura no colo numa espécie de jardim ou canteiro de uma praça. Em outra, apareço, nos meus três ou quatro anos, sobre o cavalinho de um carrossel no Parque Municipal de Belo Horizonte, no período em que você foi internada aqui para tratamento psiquiátrico e eu fiquei sob os cuidados de papai, alojada com ele numa pensão no bairro Santa Efigênia.

Naquelas semanas, quase todos os dias ele me levava para passear no parque, comer chocolates numa confeitaria do centro e brincar nos balanços e escorregadores de uma praça perto de onde estávamos hospedados. Eram, para mim, momentos de prazer e desprendimento. Em outra foto, estou montada num cavalo de verdade, na fazenda, com ele junto, de botinas e chapéu, segurando as rédeas com um sorriso inequívoco. Porém, depois de ver um par de fotos, abri as cartas e, à medida que as lia, não sem reserva, um espanto inesperado tomou conta de mim.

Embora fossem quase todas anônimas, no envelope havia uma identificação, com a letra de papai: *da Tilde*. Seriam mesmo suas? Abri uma por uma e me espantei com o que li: uma sucessão de infâmias, palavrões, palavras preconceituosas, agressões contundentes dirigidas a papai, vovó Ana e todos os meus parentes paternos dos quais fui afastada por você. A própria Márcia recebeu, num punhado delas, provocações hostis, de baixo calão. *Puta*, *vagabunda*, *piranha* e *ignorante* foram alguns dos designativos dirigidos a ela. Li em uma das cartas coisas de um nível inimaginável, escritas com uma letra artificiosamente construída e cheias de erros ortográficos, como isto:

Distinta família sugismunda, afundada na lama: o sapateiro que vivia na alta sociedade caiu definitivamente e voltou a lamber sola. A puta da irmã dele que vivia na zona continua dando para os vizinhos e chupando pau por 10,00. A véia Donana, quando não está fazendo broa, está queimando vela para os orixás. O gordo do seu irmão, Alfredo, já encheu a pança de outra mulher que já está para parir. E a "donzela" de sua irmã Marilda, que tirou filho em Uberaba? Se pelo menos ela tivesse dignidade, teria assumido o neném, mesmo sabendo que ele não tinha pai. Na sua família, senhor Vicente, tem de tudo: deflorador de moças, cachaceiros, putas de baixa categoria e feiticeiras, como sua mãe, que com as tais benzeções, só mostra seu lado de bruxa. Qual o futuro dessa linda família? O inferno? Assinado: ZB, X, X, X, X, L, L, L, L, Z, Z, Z.

Em outra carta anônima, essa com uma letra que me soou familiar, papai é chamado de *mulherengo que não tem onde cair morto, de pau enorme, mas incapaz de fazer qualquer mulher feliz*, e minha avó aparece como *mulata sem ter onde cair morta, que só não se tornou puta por ter tido amparo da família da nora*. E assim por diante. Há, ainda, difamações contra amigos, compadres e pessoas próximas de papai. São cartas repugnantes, com desenhos obscenos, exaltações à *coitada da esposa do sapateiro ingrato, linda, loira e desprezada*, desejos de vingança, maldições. A caligrafia dessas missivas, em folhas de papel-sulfite, é variável: vai da letra bem desenhada à mais rudimentar, cheia de frases tortas. Embora a maioria contenha erros crassos, nem todas são mal escritas. Umas quatro são feitas de colagem de letras e palavras recortadas de jornais e revistas. Fico imaginando a indignação, ou a perturbação, de meu pai ao recebê-las. Pode ser que, num primeiro momento, ele tenha ficado confuso e começado a desconfiar de sua própria sombra. Imagino as suas insônias, o seu desarranjo.

No maço amarrado com um barbante havia também cartas com a remetente identificada — Matilde Almeida Pessanha —, todas dirigidas a papai. Numa delas, em que você pede a ele dinheiro para pagar uma dívida de uma loja de roupas, ameaça: *Se não me ajudar, vou bater na Ana Luiza*. Essa frase acabou comigo, pois evidenciou que, muitas vezes, você usava a violência contra mim para atingir meu pai. Foi quando finalmente entendi por que eu apanhava tanto, sem motivos concretos para merecer tais castigos. Por que papai nunca me contou sobre isso em vida e deixou para Márcia a tarefa de me mostrar esses escritos que desafiam minha compreensão?

Se, nos envelopes das cartas anônimas, papai escreveu o seu nome antes de guardá-las, foi porque acreditava que você era a remetente. Estaria ele convicto disso? Você teria sido mesmo capaz de escrever ou ditar coisas tão sórdidas? Pode ser que, certo dia, ele tenha chegado a nossa casa numa hora inesperada, como de vez em quando acontecia, e visto você sentada à mesa, ditando para uma de suas cúmplices todos aqueles impropérios, mas tenha faltado a ele coragem para revelar o flagrante. Ainda assim, me recuso a acreditar que tenham sido mesmo obra sua. Mas, se não foi você, quem as teria escrito ou ditado, quem as teria enviado?

Poucas semanas após a sua morte, tia Emília me contou que você havia deixado uma carta dirigida a todos da família, mas ela resolveu rasgá-la para não causar problemas a ninguém. Fiquei enlouquecida para saber do que se tratava, claro, mas sua irmã, evasiva, alegou que não a lera antes de destruí-la, pois *coisa ruim a gente enterra*. Não acreditei. Sem dúvida, ela quis me poupar do que estava lá escrito. Insisti e ouvi que o que você escrevera não valia a pena ser lembrado. Perguntei se havia referências a mim, ao que ela respondeu: *Sim, disse que sempre te amou, sempre deu a mesma atenção a você e ao Rubens, apesar de você nunca ter acreditado.* Tia Emília também contou que você manifestou gratidão pelos meus presentes, em especial um lenço de seda e um vestido azul que lhe dei no último aniversário. Ela ainda me pediu que esquecesse a existência dessa carta, não sem acrescentar que, segundo você, eu me recusei a entender as coisas que aconteceram em nossa família, deixei de visitar você sem mais nem menos, e que sempre me amou.

Francamente, não sei se dá para acreditar nessas palavras. Tampouco sei se dá para acreditar que tal carta tenha de fato existido, e se existiu, se foi mesmo destruída. E muito menos que era amor o que você chamava de amor.

14.
Açafrão, blusas e calcinhas

Mais uma longa pausa entre a última frase do capítulo anterior e esta que agora escrevo. Nesse intervalo, tomei finalmente minha primeira dose da vacina contra a Covid, o país afundou mais um tanto no lamaçal em que se encontra, e as mortes pelo vírus não pararam de subir. Hoje, vejo a tenebrosa notícia de que meio milhão de brasileiros já perderam a vida, vitimados por um vírus que se confunde com a própria figura que está acabando com o nosso país.

Tento sobreviver a tudo isso à custa de remédios e infusões, confinada num espaço que, pelo menos, me oferece ar fresco, luz do sol, convivência com plantas de diferentes tipos, além de visitas de vários pássaros, pequenos insetos, lagartixas, lagartas e até morcegos. O pé de alecrim está enorme, a arruda finalmente se sentiu à vontade no canteiro que a ela reservei, e as roseiras estão dando flores, como que a contrapelo. As latas de chá que comprei em minhas viagens estão no fim, e minhas lentes de contato, sem uso, ficaram amareladas e duras dentro da caixinha, com a solução multiuso vencida.

Neste momento, sinto você como uma sombra que, aos poucos, vai se desvanecendo. Juro que não queria que isso acontecesse. Mas não tenho como mudar o curso das coisas, que acaba sendo mais forte que meu desejo de a manter viva em meus pensamentos e minhas lembranças. Sinto um pouco de culpa por isso, admito, embora eu não tenha qualquer controle sobre essas coisas.

Faz muito tempo que não tenho notícias de quase ninguém de nossa família. Rubens sumiu. Tia Emília, ainda que se manifeste nas efemérides, anda silenciosa. Isso, desde que começou a viver com um arquiteto que passava uma temporada em Terra Verde para acompanhar um projeto e acabou ficando por lá, apaixonado por ela. Raquel, que agora ganhou um netinho, pouco me escreve. Só envia, de vez em quando, fotos e frases concisas pelo WhatsApp. Estela já esqueceu que existo e, há anos, não dá sinal de vida. Só tia Zenóbia ainda me telefona com frequência, manifestando seu carinho e sua preocupação comigo, não sem me poupar das notícias cada vez mais sombrias sobre a saúde de tio Amâncio.

Pedro, pelo que eu soube, se separou da mãe de seus filhos e entrou numa fase, digamos, alcoólica. Não deixo de pensar nele de vez em quando, com certa saudade, embora não me disponha a retomar qualquer convivência próxima com ele. Já o meu amigo e vizinho Tiago não me abandona jamais, trazendo, de vez em quando, sua cachorrinha para ficar comigo e me oferecendo livros interessantes para ler. É um moço que tem tudo para ser o que sempre esperei que um homem fosse. Torço para que encontre uma pessoa à altura, com quem possa passar o resto de sua vida, como a que não tive a sorte de conhecer depois de Pedro. Aliás, o que vivi, desde então, foram só aventuras desventuradas, como a última, que, mesmo tendo durado um ano, me deu mais trabalho que alegria.

Tive recentemente a triste notícia de que Fátima pegou o vírus da Covid e não resistiu. Deixou dois filhos, um deles com problemas mentais, e o marido. Fiquei perturbada com isso quando soube, mesmo não tendo mantido contato com ela durante tantos anos. Afinal, tivemos uma convivência muito próxima e conflituosa na infância, e sei o quanto ela sofreu em suas mãos, como Tonha e eu. Antônia, aliás, parece estar bem, cada vez mais respeitada em sua profissão de advogada trabalhista. Ela, sim, teve a dignidade de se manter altiva e nunca entregar os pontos.

Hoje, quando faz mais de oito meses desde o primeiro aniversário de sua morte, minha mãe, o pé de açafrão-da-terra deu flor. Em Terra Verde, a gente chamava essa planta apenas de açafrão; tia Zenóbia, de cúrcuma. Frango com açafrão era um dos seus pratos preferidos, e meu também. Anos depois, aprendi que o açafrão-da-terra não é o açafrão de verdade, mas um parente próximo do gengibre, que se alastra com facilidade em canteiros adequados e dá uma flor linda, de um amarelo pálido. Já o açafrão verdadeiro é bem diferente e tem origem mediterrânea. O tempero que é feito dessa planta, também conhecida como erva-ruiva, vem dos estigmas alaranjados das flores, diferentemente do que usávamos na nossa cozinha, originado das raízes do açafrão falso. Mas se era *Curcuma longa* ou *Crocus sativus* o que usávamos, isso não importa, e sim a lembrança daqueles caldos amarelo-ouro, salpicados de salsas e cebolinhas, que encharcavam os pratos de galinha e os refogados de inhame.

Por falar em amarelo, já contei que uma vez tive um pesadelo com essa cor? Nem me recordo mais quando foi. No sonho, era um amarelo estridente, que ofuscava até o daquele poncho de lã que você me obrigava a usar no frio, sabendo que eu o detestava. Não é nenhuma novidade para ninguém da nossa família que eu nunca tive apreço pelo amarelo vivo. Hoje, já não me incomodo tanto, pois aprendi a ver nele um componente cítrico que me agrada. Como você sabe que gosto das definições, aqui está uma das que encontrei nos dicionários: "Amarelo é uma cor que corresponde à sensação provocada na visão humana pela radiação monocromática, cujo comprimento de onda é da ordem de 577 a 597 nanômetros". Sei lá o que isso significa. Para mim, ele tem a ver com o desespero, a icterícia, a urina, a luz do sol, o ouro e a gema do ovo. Você já sonhou com uma cor, só a cor? É muito estranho: ela toma conta de tudo, se impõe, descomunal. Como se não existisse nada além de sua presença. No caso do amarelo, já ouvi dizer que alguns cegos o veem no lugar da escuridão, não sei por quê, e talvez o vejam como o vi no meu sonho, devastador, com uma violência que subtrai qualquer imagem precisa. De toda forma, não deixa de ser interessante eu ter reparado na flor do açafrão agora há pouco, com a recordação da cor do pó que se faz com as raízes grossas dessa planta, voltando a pensar em você por conta disso.

Repito que, por mais que eu tente transformar sua ausência em saudade e alojá-la dentro de mim com o carinho de uma filha de verdade, não dou conta de me desvencilhar de sua ambígua existência em minha vida, ou da minha ambígua existência na sua. Sobretudo quando penso nas coisas que, para além das surras e castigos, violaram a minha intimidade e quase me fizeram adoecer, em desespero. Saiba que é muito difícil para mim falar sobre isso, sobre esse assunto que até agora nunca mencionei a você, nem a ninguém. Acho que por medo, vergonha e dúvida. Dúvida, certamente, quanto ao que a motivava a fazer tudo o que fazia. É que havia em seus atos um vago prazer que eu só notava quando, num átimo, abria bem os olhos e os fixava no seu rosto, vendo você desviar o olhar para não sei onde.

No entanto, preciso dizer — preciso, mais do que nunca, dizer — o quanto me atormentam até hoje as lembranças de suas entradas à noite no meu quarto, quando eu já estava dormindo, para ver e apalpar meu corpo. Sim, isso foi logo depois de voltarmos de Uberaba, eu quase beirava os treze anos e sofria as radicais alterações físicas da idade, meus seios despontavam, os pelos pubianos se alastravam, e talvez você quisesse simplesmente atestar de perto todas essas mudanças, quem sabe por mera curiosidade. Você já havia me constrangido naquele dia, quando eu acabara de completar doze anos, e cheguei chorando ao seu quarto, menstruada pela primeira vez, para contar que havia sangue na minha calcinha. Você pediu para ver e, com um regozijo que me deixou perplexa, pegou a peça e saiu mostrando para todo mundo. Foi tia Emília quem veio, logo depois, conversar comigo sobre o acontecido e me orientou sobre o que fazer. Desde então, você não parou de prestar atenção no meu corpo, fazer comentários sobre meus seios que se tornavam salientes, perguntar sobre possíveis pelos pubianos, deixando-me acuada, a ponto de eu começar a me encolher sob as roupas para que você não ficasse me observando com olhos de malícia.

Quando acordei, pela primeira vez, com suas mãos levantando a blusa do meu pijama durante a noite, preferi achar que você estava ali para cuidar de mim, ver se eu estava bem, se tinha febre ou algo do tipo. Lembro-me que virei de bruços e você saiu apressada. Mas, dias depois, voltou à minha cama de madrugada e senti suas mãos sobre meu dorso, segurando a blusa acima dos meus seios. Fiquei paralisada, tive medo de abrir os olhos, fingi que ainda dormia e nem consegui me virar de bruços como da outra vez. Aí, senti suas mãos movendo meu short e, em seguida, minha calcinha. Um horror mudo tomou conta de mim quando você afastou minhas pernas com cuidado, como se para constatar que havia pelos e eu já era de fato uma mulher. Uma mulher feia e magrela, que queria ser bailarina e você não deixou. Depois saiu, deixando-me ali, angustiada, em desamparo. Lembro que me levantei, abri o guarda-roupa, tateei as gavetas em busca de um agasalho, pois queria cobrir meus braços e minhas pernas com urgência. O ruído do relógio sobre a mesa de cabeceira parecia atravessar meus ouvidos como se estivesse numa altura fora do comum, e ainda hoje ouço aquele tique-taque assustador. No dia seguinte, não consegui olhar para o seu rosto quando saí, meio desnorteada, rumo ao colégio. Ao me ver, perguntou se eu tinha dormido bem, e menti que sim. Uma sílaba só, de viés.

Como essa cena se repetiu semanas depois, eu acordada mas dormindo, você levantando minha blusa e baixando minha calcinha, eu fingindo que não percebia, mas tremendo por dentro, decidi, além de me encolher sob blusas largas durante o dia, à noite vestir pijamas compridos e me cobrir com o lençol e a colcha até o pescoço, completamente enrolada sobre mim mesma, como um caracol. Duas ou três semanas adiante, aconteceu de novo. Passei, então, a trancar a porta do quarto. Ao longo do dia, eu evitava sua presença, me escondia no quintal, sem a mínima ideia do porquê daquelas coisas, ainda confusa com relação ao que tinha acontecido. Não à toa, quando recordo aquilo tudo, me vem à mente aquela planta, a maria-fecha-a-porta, ou maria-dormideira, não-me-toque, dorme-dorme — a *Mimosa pudica*.

Depois que comecei a usar o trinco na porta, você passou a me hostilizar, a implicar comigo por qualquer motivo, a me olhar com desdém. Eu, recolhida em meus pensamentos imprecisos, não ousava me aproximar de você ao longo das horas em que ficava em casa. Horas cada vez mais esparsas, pois eu sempre arrumava algo para fazer na rua, ou fugia para a praça, onde ficava sentada na grama, sob o pé de jatobá, com meus livros e cadernos, fazendo as tarefas da escola e dispensando as pessoas que chegavam para puxar assunto.

Passados alguns dias, você começou a me observar pelas frestas da porta do banheiro enquanto eu tomava banho. Seus pés, nos chinelos azuis, apareciam no vão entre a porta e o chão. Constatei essa indiscrição quando entrevi o seu olho numa das aberturas. Aí, você se deu conta de que eu tinha notado e saiu, sem tocar no assunto após se encontrar comigo de novo. Passei, assim, a dependurar a toalha no prego que havia na porta, vedando as frestas, o que só aumentou seu nervosismo contra mim. Até que, sem mais nem menos, e para minha surpresa, você passou a me tratar como sua filha querida, entre elogios e delicadezas.

Menos de um ano depois, porém, quando eu já namorava Rodrigo, você começou a vigiar meus encontros íntimos com ele nos fundos de nossa casa, com uma vigilância que mais parecia um deleite, um deleite que mais parecia uma insanidade. Embora indignada, continuei a não falar nada dessas coisas com ninguém e a fingir que estava tudo bem.

Por que você entrava daquele jeito no meu quarto? Por que violou minha intimidade tantas vezes e me espiava no banheiro, além de espionar, religiosamente, os meus momentos de privacidade com meu namorado? Pelo menos, nesse caso, eu já não sentia constrangimento algum, apenas ficava meio intrigada e na expectativa de que você se desse conta de que não conseguia mais me encabular. Inacreditável eu não a ter odiado de todo, já que odiar estava acima de minhas forças. De qualquer maneira, se todas essas e outras coisas não tivessem acontecido, eu seria completamente outra do que sou. Talvez melhor, ou não.

Juro que durante muito tempo hesitei em mencionar esses episódios. Contudo, resolvi falar, desengasgar, por assim dizer, porque somente agora me sinto livre para dizer sem medo aquilo que silenciei durante tantos anos. Será que as pessoas teriam acreditado em mim se eu tivesse comentado com elas tais acontecimentos, tempos atrás? Imagino que você ou diria que só me desnudava à noite na cama para ver se eu estava bem, se não tinha urticárias, ou que eu tinha sonhado com aquilo e achado que fosse verdade mas não era. Ou simplesmente teria dito que era invenção minha, um delírio descabido, um disparate. Aliás, até hoje fico na dúvida se, antes de eu começar a trancar a porta do quarto, você chegou a notar que eu, no meu sono fingido, via tudo, sentia tudo. Mas isso já não importa. O que importa mesmo é que, finalmente, tive coragem de fazer este acerto de contas. E pode deixar que não contarei nada às minhas tias, ao meu irmão, às minhas primas. Este será, para sempre, o nosso segredo. Nosso, da nossa relação familiar, que fique claro. Se ele se espalhar como uma história inventada, uma peça de ficção, isso não quer dizer que estou mentindo para você ao dizer o que digo agora. De paradoxos se faz a realidade. E, também, a ficção.

O vaso de mirra, que ganhei de minha amiga Isabel, está enorme ao lado de minha mesa no escritório. Acho que já é hora de transferi-lo para um espaço maior. As violetas que floresceram no vaso à esquerda crescem, luminosas, e me trazem resquícios da época em que eu as cultivava em Belo Horizonte, logo após me mudar para cá e me instalar num quarto minúsculo que dava para um corredor da área de serviço do apartamento que eu dividia com meus colegas de faculdade. Olho para as folhas verdes da mirra, e tudo se acalma dentro de mim. Os objetos sobre a estante parecem me observar em sua imobilidade, sem contudo compreenderem muito bem o que escrevo. Mudos, parecem me dizer, no seu silêncio, que o mundo já não suporta mais o seu próprio fim.

Referências bibliográficas de Ana Luiza

1. O filósofo insone da Transilvânia, que escreveu muito sobre os poderes "terapêuticos" da insônia, é E. M. Cioran. Seus livros consultados pela narradora Ana Luiza foram: *Breviário de decomposição* (Rocco, 1989), *Silogismos da amargura* (Rocco, 1991) e *O livro das ilusões* (Rocco, 2014), todos traduzidos do francês por José Thomaz Brum; *Nos cumes do desespero* (Hedra, 2012), traduzido do romeno por Fernando Klabin, e *Aveux et anathèmes* (Gallimard, 1987).

2. A frase "o tempo na fazenda é o tempo das vastidões" foi lida no romance *In the Heart of the Country* (Penguin, 1982), de J. M. Coetzee.

3. O livro de Hildegarda de Bingen sobre plantas, animais, elementos e pedras, escrito quase mil anos atrás, é *Physica* (Healing Art, 1988), traduzido do latim para o inglês por Priscilla Throop.

4. *Revolução das plantas*, livro que Ana Luiza ganhou de presente de Tiago, é do autor italiano Stefano Mancuso. Foi publicado no Brasil em 2019 pela editora Ubu, em tradução de Regina Silva.

5. O escritor italiano que veio à lembrança da narradora depois de falar de Mancuso é Alessandro Baricco. É ele que conta, no romance *Mr. Gwyn*, a história de um escritor que escreveu e publicou num jornal inglês uma lista de cinquenta e duas coisas que não pretendia mais fazer na vida. O livro saiu no Brasil em 2014, pela editora Alfaguara, com tradução de Joana Angélica d'Avila Melo.

6. O livro de Lamarck, o "biólogo incrível" que escreveu, entre muitas outras coisas, sobre a planta *Mimosa pudica*, é *Philosophie zoologique* (Flammarion, 1994).

8. As "plantas loucas" (tradução preferida de Zenóbia) aparecem no primeiro capítulo do livro *A origem das espécies*, de Charles Darwin. No original, a expressão é "Sporting plants". Ver a edição da Wordsworth, 1998.

9. A narradora aprendeu "que os mortos só têm a força que os vivos lhes dão" no romance *Os enamoramentos*, do espanhol Javier Marías, publicado no Brasil em 2012 pela Companhia das Letras, em tradução de Eduardo Brandão.

10. Os versos de Jorge Luis Borges, "A velhice (este é o nome que os outros lhe dão)/ pode ser o tempo de nossa felicidade", foram extraídos do poema

"Elogio da sombra", em tradução de Josely Vianna Baptista. Publicado originalmente no livro *Elogio de la sombra*, de 1969, foi incluído no volume *Poesia* (Companhia das Letras, 2009).

11. As referências completas do livro do médico e botânico alemão Leonhart Fuchs (século XVI) são: *The New Herbal of 1543: Complete Coloured Edition* (Taschen, 2001).

12. O "escritor austríaco atormentado" que Ana Luiza adora é Thomas Bernhard. O romance em que ele fala da admiração que sempre sentiu pelo que chamou de "a classe privilegiada dos ciclistas" é *Origem* (Companhia das Letras, 2006), tradução de Sergio Tellaroli. Outras referências do autor aparecem implicitamente em algumas partes da narração de Ana Luiza. Outras obras do autor consultadas por ela durante a escrita de seu relato: *Extinção* (Companhia das Letras, 2000), tradução de José Marcos Mariani de Macedo; *Correcção* (Fim de Século, 2007) e *Antigos mestres* (Assírio Alvim, 2003), ambos traduzidos para o português por José A. Palma Caetano e publicados em Portugal.

13. A autora japonesa do romance que apresenta uma personagem não humana que faz uma intervenção num congresso sobre a importância das bicicletas para a economia é Yoko Tawada. O romance é *Memórias de um urso-polar* (Todavia, 2019), traduzido para o português por Lúcia Collischonn de Abreu e Gerson Roberto Neumann.

14. Djaimilia Pereira de Almeida foi quem escreveu a biografia do próprio cabelo, começando por dizer que não deixa de ser uma futilidade intolerável escrever a biografia de um cabelo. O romance é *Esse cabelo*, publicado originalmente em Portugal pela editora Leya, em 2017, e no Brasil pela Todavia em 2022.

15. Outras obras que atravessam, de maneira oblíqua, este livro: *Carta ao pai*, de Franz Kafka (Companhia das Letras, 1997, trad. Modesto Carone); *O livro do desassossego* (Assírio & Alvim, 1997), de Fernando Pessoa; *Obra breve*, de Fiamma Hasse Paes Brandão (Assírio & Alvim, 2017); *Nós, mulheres*, de Rosa Montero (Todavia, 2020, trad. Josely Vianna Baptista); *Natural History: A Selection*, de Plínio o Velho (Penguin Classics, 1991, trad. John F. Healy); *As brasas*, de Sándor Márai (Companhia das Letras, 2008, trad. Rosa Freire d'Aguiar); *Levels of Life*, de Julian Barnes (Vintage, 2014); *Le Parti pris des choses* (Gallimard, 1942) e *A mimosa* (Ed. UnB, 2003, trad. Adalberto Müller), de Francis Ponge; *Um amor incômodo*, de Elena Ferrante (Intrínseca, 2017, trad. Marcello Lino); *A History of Tea*, de Laura C. Martin (Tuttle, 2018); e *Plantas medicinais no Brasil: Nativas e exóticas* (Plantarum, 2008), de Harri Lorenzi.

© Maria Esther Maciel, 2023
Publicado mediante acordo com MTS Agência.

Todos os direitos desta edição reservados à Todavia.

Grafia atualizada segundo o Acordo Ortográfico da Língua
Portuguesa de 1990, que entrou em vigor no Brasil em 2009.

capa
Flávia Castanheira
imagem de capa
Nastasic/ Digital Vision Vectos/ Getty Images
composição
Lívia Takemura
preparação
Ana Alvares
revisão
Jane Pessoa
Gabriela Rocha

2ª reimpressão, 2024

Dados Internacionais de Catalogação na Publicação (CIP)

Maciel, Maria Esther (1963-)
Essa coisa viva : romance / Maria Esther Maciel.
— 1. ed. — São Paulo : Todavia, 2024.

ISBN 978-65-5692-556-1

1. Literatura brasileira. 2. Romance. 3. Ficção
contemporânea. I. Título.

CDD B869.3

Índice para catálogo sistemático:
1. Literatura brasileira : Romance B869.3

Renata Baralle — Bibliotecária — CRB 8/10366

todavia
Rua Luís Anhaia, 44
05433.020 São Paulo SP
T. 55 11 3094 0500
www.todavialivros.com.br

fonte
Register*
papel
Pólen bold 90 g/m²
impressão
Geográfica